# 五月の読書

# 五月の読書

高橋英夫

*Hideo Takahashi*

岩波書店

# 庭に咲く花

高橋真名子

昨年の『図書』に父には梅の花が似合うと書いたら、父をよく知る何人もの方から賛同のお言葉をいただいた。永眠したのがちょうど梅香るころだったこと、父の書斎に吉田健一さんの「梅一枝已催春」の書が掛かっていたこと、二階にあった父の書斎の窓から紅白の梅がよく見えたことなどから、私のなかで梅は、とりわけ天に向かって一直線に枝を伸ばす一重の白梅は、父の人となりに重なったということだが、その後片付けをしていて、新たに父と梅を結びつけるものを発見し、ますます父と梅との関係が強まった気がしている。

それは、今から二十年ほど前に父がとある古書店のカタログで手に入れた、竹山道雄さんの「白梅」と題された直筆原稿だ。父は古書店のカタログで、これはと思うものをいくつか見つけすぐに申し込んだが、抽選の結果竹山さんの「白梅」のみが当選となり、父の元に送られてきた。原稿に添えられた古書店主の手紙から、そんなことがわかる。

父自身各所で書いているように、ドイツ語の師として、また文学者として尊敬してきたのが竹山さんだ。抽選にはずれたのが何だったのか気にはなるものの、父は「白梅」を入手できて大満足だったことは間違いない。

白い厚紙の表紙をめくると、中にはやや色あせた原稿用紙が三枚、子供の作文集のように二つ折りにしてホチキスで綴じられている。ブルーグレーのインクで記された竹山さんの字は意外なほど小ぶりで、優しさがにじみ出ている。その文字を一つ一つ確かめるように、早春のエッセイを読み進めたところ、原稿用紙が三枚目にさしかかろうというあたりで突然眼中驟雨に遭い、しばし立ち往生を余儀なくされてしまった。そこにはこう記されていた。

「いまこれを書いているとき、庭には梅がいっぱいに花をつけて、それに夕陽があたって、まるで白玉を連ねたようである。梅は枝の下から咲きはじめ、日がたつにつれてだんだん木末に昇ってゆく。

毎年この白梅を見ると、私は亡き母のことを思いだす。母は梅が咲き始めたころに昏睡状態におちいった。年に不足はなかったものの、……(後略)」

ここに引用した後半の部分は、父亡き後私自身言葉にするのをためらい書き記すことのできないことがらだった。それが竹山さんの文章に、しかも父が他界してからふいに出現した直筆原稿の中に見出したということに、心が揺さぶられた。遠い存在だった竹山道雄という人が、一人の人間として眼の前に現れたような気がしたし、竹山さんのこの文章によって心のうちにためていた思いをはき出すことができたようで、「白梅」を読み終えたころ、瞳は快晴だった。

そういえば父は、こういうささやかな偶然がもたらす一致を、案外大事に思う人だった。梅ということでは、こんなことも思い出される。昭和五十五、六年ごろのこと。敬愛する尾崎一雄邸を訪ねた父は、夕方紅潮した顔で帰ってきた。

「尾崎さんは小田原の下曽我というところに住んでいるんだけど、梅がとってもきれいでね。自家製の梅干しをくださったよ」

そう言いながら、夕食時に梅干しの瓶を二つテーブルに置いた。瓶は高さが十センチほどで、それぞれ違う種類の梅だったように記憶している。父はいつもの癖で、日付をラベルに記しテープで瓶に貼り付けると、テーブルの中央に戻し、皆でそれを眺めた。

私が小学生だったころ、父の書斎で尾崎さんの『虫のいろいろ』を読み聞かされるということがあった。床に伏した主人公の額にとまった一匹の蠅を、額の皺で捕まえてしまったという箇所にくると、「ここがなんとも面白いでしょう」といつになく楽しそうに熱く語る父につられ、「うんうん」と面白がって聞きいったが、それはいつも難しい顔をして書斎にこもり、どこか近寄りがたい存在だった父との距離が縮まった瞬間でもあった。

尾崎一雄が好きだとは言わなかったが、格別に好きであることは読み聞かせる声のトーンから明らかで、それ以来父の好きな作家として尾崎さんの名が私の心に刻まれたが、私にとって尾崎一雄とは本の世界に住む文士であることに変わりはない。その尾崎さん好みの塩梅に漬けられた梅干しが、こうして眼の前にあるというのは、なんとも不思議な感じがしたし、尾崎さんといくらかの交流を持っていた父自身もそういう思いはあったとみえ、ありがたいその梅干しに父自身も箸をつけることができなかった。

「そろそろいただいてみようか」と父が言ったのは、それからしばらくしてからだった。大事に一つずつ食べていった梅干しはやがてなくなったが、梅干しの入っていた空き瓶はその後もずっと父の書斎の本棚に置かれていた。

梅はいくつもの別名を持ち、その一つに好文木というのがある。晋の武帝が学問に親しむと花が開き、怠ると開かなかったという故事によるものらしいが、吉田健一、竹山道雄、尾崎一雄の各氏と父とを結びつけるものとして私が思い描く梅が好文木でもあるというのは、何となく嬉しい。梅は春告草ともいう。寒さの苦手な父は、書斎で毛布にくるまって原稿を書き、ときおり窓の外に眼を遊ばせ、書斎のすぐ下で庭を白く染める梅に春を待ちわびる思いを託しただろう。

梅の花がこぼれるようになると、羽沢の家の庭では一つまた一つと春の花が開いていった。梅の終わりかけに、地面から顔を出すのはクロッカスや口紅水仙、黄水仙、スノーフレークで、同じころ雪柳や山吹、木瓜、ミモザも花をつけ始める。父の書斎にあった東側の小窓から庭全体が見渡せたので、父は小さな草花が冬枯れの芝の中から顔を出したことにもすぐに気づいていたが、本格的な春の到来を確かめる指標になったのは、梅と入れ替わるように花をつける紫の木蓮だっただろう。望春花とも呼ばれる木蓮は、春の陽射しをつかみ取ろうとするかのように、大ぶりの花びらを空に向かって突き出して咲く。それは東の小窓から真正面の位置にあり、大きな木でもあったので、朝ベッドから起き上がり小窓の雨戸を開けると、朝日に照らされた木蓮が真っ先に父の眼に飛び込んできたはずだ。

そのころ、父は着ぶくれするほど重ねていた厚手の下着やセーターを一枚ずつ減らし、庭の土を踏むようになる。庭には六畳ほどの広さのプレハブとスチール製の大きな物置があり、家からあふれ出た本が収納されていた。作家ごと、ジャンルごとにおおかた整理されてはいたものの、本は休みなく増え続けていくので、本の移動、本の引っ越しが必要になる。作家Aのものは、いまは使わないのでまとめてプレハブへ。逆に作家Bはこれからの仕事に必要なので家の中へ、という具合で、寒さが苦手な父は冬の間そうした本の引っ越しの構想を頭の中で練っていたらしく、木蓮が咲くころになると本探しや本整理を再開した。

そうなってからの季節の移ろいははやい。冬の間体内にため込んでいた力を放出しながら、めまぐるしく姿を変えていく草木は、少し見ないうちに数倍にふくれあがっている。その生命力に背中を押されたように、春の父は身が軽かった。

羽沢の庭では、木蓮に続き、沈丁花、ジャスミン、花水木が咲き競い、庭は甘い香りに包まれる。散り終えた梅の根元では、茗荷が尖った若葉を無数に突きだし、むき出しになっていた地面をみるみる覆っていく。四月半ばには、石楠花や木香薔薇も蕾みを弾かせる。数日のうちに庭の景色を一変させ私たちを歓喜させる筆頭は木香薔薇で、黄色と白があったが、とくに黄色の方は父がよく足を運んだスチールの物置の手前で立派なアーチになり、うまい具合に無機質な物置の目隠しになってくれた。山積みの本をかかえた父は、繁茂する植物をかき分け、木香薔薇のアーチをくぐり、日々変化する庭を行き来した。

対象が芭蕉や西行に移ってから、母を伴って旅に出ていたとはいえ、自他共に認める出不精で、普段の外出といえば自転車で近所を散歩するか、池袋や新宿、神保町あたりに本探しに出かける程度、というのが父だった。その行動範囲は決して広くはなかったが、そのぶん羽沢の家には深く根を下ろしていた。

家中を埋めつくす数万冊に及ぶ本は古今東西、文学を筆頭に音楽、美術、歴史、哲学、思想、民俗学、建築と多岐にわたっていたし、庭に出ればそこもまた和洋折衷、様式など存在しない植物の勢いに任せるままの場所だったが、こうも言えるがこうでもあるだろうといった複合的な状態を好んだ父にとって、一見混沌とした狭く囲われた空間は居心地がよかったのかもしれない。庭に咲く花や飛び交う蝶、野鳥の声から季節の移ろいを知らされ、書物を通じ広大無辺の世界と繋がっていたのだから、これ以上の場所はなかったともいえる。日常空間を充たしていた音楽も、書物同様その懸け橋になりえただろう。

『ミクロコスモス　松尾芭蕉に向って』で父はこう書いている。

「俳諧は最小の詩型の中にこの世、この宇宙の森羅万象を映し出し、封じ込める秘法に他ならない。最小の宇宙の中に最大の宇宙をつかみ取るのである。それが達成された時、最小と最大は対応しあう。」

羽沢の家と庭は家人以外の人にとっては取り立てていうほどのものではなかったが、父にとってそこは、言葉世界という宇宙に近づくためのミクロコスモスだったような気がしている。今は春、花咲く記憶の庭で、本を抱えた父が微笑んでいる。

本書は、昨年二月に他界した父高橋英夫が生前自ら整理していた未収録原稿を元に、再編集したものである。父への深い理解のもと解説を書いてくださった堀江敏幸氏と、編集にあたり尽力くださった編集部の清水御狩氏に、心よりお礼を申し上げる。

# 目　次



## I　本の周辺

## II　芸術と親しむ日々

## III 文人の交流

## IV 私という存在

目次

# I

# 本の周辺

# 私と全集

最初に自分で買い揃えた全集は何だったろう。思い出そうといろいろやってみるのだが、記憶はかなり曖昧である。確かなのは、この前の戦争が終った昭和二十年には中学三年だったから、全集購入はそれ以後だということである。昭和二十一年は受験勉強の年、二十二年は旧制高校に入って夢中で背伸びしなければならなかった年というわけで、私と全集の縁はたぶん昭和二十三年頃からだったろう、と思い返している。

子供の頃には昭和初年の円本全集の端本が家にあった。新潮社の『世界文学全集』、改造社の『現代日本文学全集』、第一書房の『近代劇全集』、春陽堂の『日本戯曲全集』、どれも不揃いの端本だったが、それでも全部合計すれば百五十冊ぐらいにはなっただろう。個人全集は漱石が一、二冊といった程度だった。

私には、本当の全集は個人全集だという抜きがたい考えがある。これはどこから来たのかと探ってみると、子供の頃わが家の円本全集がみんな不揃いだった印象が強烈にひびいているのかもしれないという気がしてくる。漱石全集も不揃いだったけれども、全体の印象として、世界文学全集といった巨大な編纂物の全集への無意識的な疑問が、そのために私の中に残ってしまったのしまったことになる。

だ。つまり私の心には、全集は傑出した個人のすべてを集結したものだという考えがしみついてしまったことになる。

しかし昭和二十三年ごろ何を買ったのかといっても、今は角川書店の『堀辰雄作品集』ぐらいしか思い浮ばない。そのタイトル通り、これは全集ではなかった。堀辰雄が自選、編集した選集だった。しかしあの時代として、例外的に白い良質の紙を用い、箱もつき、しゃれた装幀であったから、当時は大事にしていた。堀辰雄は病臥が長く、当時ほとんど新作発表はなかったから、この作品集でもまだ十代の私には充分に全集だという感じがしたのを忘れない。

ある作家、著述家を新しく出た単行本でその都度読んできたのか、それとも全集で纏めて読む形となるのか、これは読者の精神史にとってなかなか重要な問題だと思われる。書き手と読者とがほぼ同時代性をもちうるような場合には、新しく世に問われた個々の単行本が書き手と読者を媒介するのが通例だろう。これに対して書き手が歴史的存在になってしまったか、なりかかっているかする場合には、読者は全集によってその書き手にはじめて触れるということになる。

もちろんそれら以外に、文庫本という巨大なジャンルがあるのだが、少くとも全集は直接的な意味での同時代性を超えるか、それから逸れるかしたところに位置づけられよう。私は堀辰雄については『作品集』を介したことによって同時代性をもたなかったわけである。『小林秀雄全集』が創元社からたしか全八巻で出はじめたのは、もう少しあと、昭和二十五年頃ではなかっただろうか。『小林秀雄全集』はその後、新潮社から出るのだが、最初のものは創元社で、これはあの頃最も熱心に購入し、読んだ全集だった。現在でもちゃんと持っている。

世代的にかなり共通する経験らしいが、私は戦後まず創元社の創元選書に熱中した。小林秀雄、河上徹太郎、大岡昇平、中原中也、富永太郎……と書けば、その雰囲気は自ずと明らかだろう。小林秀雄の『文学1』『文学2』『歴史と文学』は戦時中の本の再版か、古本屋で見つけた版かで読んだ。一方、『私の人生観』は昭和二十四年の新刊で、つまり同時代的に耽読した。さらにその上に『小林秀雄全集』というわけで、私の場合小林秀雄は読書の精神史からいうと少くとも三通りの読み方をした存在だったといえるだろう。

単行本で読むのが本当で、全集はなるべく買わないようにしているという人もずいぶんいる。その考え方の強さに圧倒されはするが、私はやはり可能なかぎり全集を揃えてゆきたいという立場を守るだろう。

# 『創元』のこと

「こんな出版社があったんだ。知らなかった」――十代のころはとにかく無知だっただけに、何事であれ「新」に遭遇したときの驚きは大きい。たぶん昭和二十三年、戦後のバラック作りの小店で、創元選書の小林秀雄『文学1』を求めて読むと、ぐいぐい引きこまれた。小林秀雄との出会いだが、あれは創元社との出会いでもあった。その本には奥付裏の広告はなかったが、大きい書店に行って少し調べると、これは私の読みたくなる本をずらりと並べて広告している社なのだった。

一挙にしてわが創元社時代となる。大岡昇平『俘虜記』、シューマン『音楽と音楽家』、河上徹太郎『近代文学論』、中村光夫『作家の生死』……。中原中也、宮沢賢治、草野心平……。「創元読書会」というのに入ると、毎月『創元月報』という小冊子が送られてくる。そのうち『創元』とタイトルが変ったが、十六ページのちっぽけなもので、その大半は広告であり、毎号二、三人の筆者が短い文章を寄せていた。

それを「心に残る雑誌」というには、紙質はもとより、規模・内容ともはかなすぎるのは確かだろう。でも『創元』を挙げる気になったのは、二年半前の引越しの結果、ダンボール箱の底から出現して、いま眼の前にそれが二十冊ほどあるからである。昔なじんだ本・雑誌は、現物を手にしながらでないと私は書けないのだ。

『創元』の執筆陣は、鈴木信太郎、森有正、高山岩男、野田宇太郎、三宅周太郎、柳田泉と多彩だが、多くは自著の紹介宣伝用の小文なので、何ともあっけない。それでもさまざまな著者たちの声をちょっと一言だけ聞いたような気分になることはできた。仏文系が多かったが、この社の「哲学叢書」は独仏が拮抗していた。まだ二十歳ぐらいの私の印象からすると、岩波では読めない著者たちが多く拠っている社、それが創元社だった。あのころは創元社のものを一番多く読んでいたが、その時代は二、三年で終ってしまう。

創元社がやや後景に退いたのに代って、私の関心の中央に立ったのが筑摩書房の『展望』だった。ここも岩波では出していない著者たちが中心になっていた。筑摩はすでに戦時中に発足しているのだから、私のそういう理解が出版史的に正確であるのかどうか自信はないが、とにかくそんなふうに感じていた。そして、あのころの『展望』はもう一冊も手もとにないのに、『創元』は残っていた。小さな驚き、小さな不思議である。

# お雪さんと信子さん

華やかな舞台にすっくと立った姿に人々の熱いまなざしが注がれる。讃美、崇拝が渦を巻く。そうしたヒーロー・イメージもあるけれど、ヒーローが最後に行きつくところには悲劇や死の気配が立ちこめているというのも、本当らしい。悲劇、死の少し手前のあたりに、一抹の翳(かげ)りがさしているのがヒーローであろう。

こうした悲劇性の強調は近代思想(その代表者はニーチェ)のせいもあるが、はるか以前、歴史以前、神話の中ですでに英雄(ヒーロー)という存在にはたいてい暗い翳りがつきまとっていたことが発端だろう、と私は思っている。ギリシア神話のヘラクレス、日本神話のスサノオ、ともに超人的で異常な力を発揮するが、悲劇と暗さは如何(いかん)ともしがたくまつわっている。不死である神と死を免れない人間の中間に位置づけられて、ヒーローは人間を超えてはいるが、神のように不死ではないのだ。

ヒーローからヒロインの方に眼を転ずれば、翳りや悲哀感のまつわることは、より自然に得心される感じになるだろう。そういうところから考えはじめて、私が文学作品の中のヒーローについて想定していることが二つある。

㈠　ヒーロー、ヒロインはギラギラと眩(まば)ゆい人物、歴史上の大物だけとは限らない。ささやかなヒーロー、静かなヒーローもいるだろう。

㈡　作品の中の主役(ヒーロー)だけでなく、脇役も、はっきり顔を見せない人物も、一度ちょっと出ただけで消えてしまうような人物も、逆説的に、ヒーロー的でないヒーローと感じられることもある。その人物に対するこちらの思いこみの純度がヒーローを作り出すからだ、ということである。

何とも古い話になるが、一九五〇年前後、私の学生時代に「創元文庫」という文庫があり、永井荷風の『濹東綺譚(ぼくとうきたん)』が入っていた。それをいつもカバンやポケットに入れて持ち歩き、何度も読んでいた。ヒロインは玉の井の女お雪で、俄か雨にあった彼女が男の傘に入ってくる最初の登場場面から、だんだん馴染みとなって口調もくだけ、ぞんざいになったり少ししおらしくなったりする微妙な揺らぎまで、みごとに描かれている。向島の陋巷(ろうこう)で、ぶんぶんと蚊が舞い、溝(どぶ)からは消毒液のツンとするにおいが漂ってくる場末の私娼街の女だが、お雪は押しも押されもしないヒロインであろう。

でも私の気持は、その創元文庫版に載っていた一枚の写真に繋ぎとめられていた。日本髪の女がうしろ姿で写っている写真だ。二階のようで、出窓のへりに腰をおろし、上体を少し右にむけている。白い襟足をみせた抜き衣紋のうしろ姿が何だかいいのである。これがお雪さんなのだろうか、荷風が撮ったのだろうか。

小説と現実とは別次元、そのことは理屈では分っていても、当時まだ二十歳代だった読者の私が、たぶんこれが作品の中のお雪さんなのだろうな、と思ったのは自然だった。うしろ姿だから、顔は分らない。だからかえって惹きつけられるということが起ったのだ。
お雪の生彩に富んだ会話は何度も出てくるから、その意味では彼女は、読者にはっきり顔を見せているのだが、私は文庫本のうしろ姿の写真に影響されて、顔を出さないヒロイン、うしろ姿のヒロインのイメージを心に刻みつけてしまった。読者の私にとって、お雪は面影の女になった。うしろ姿のヒロインとは言うに言われぬ存在だ。顔が見えないこと、彼女には到達できないこと――それが夢や憧れをより高めることは不思議ではないだろう。

『濹東綺譚』のお雪が申し分ないヒロインであることは誰にも否定できないのと違って、ヒロインとしての印象が皆無であるのに、ヒロイン以上の存在感で、私の中に細く勁(つよ)い根をおろした娘がいる。梶井基次郎の「城のある町にて」のところどころに登場している信子という娘である。

「城のある町」とは三重県の松阪のこと。梶井の姉の一家がここに住んでいたので、大学生だった梶井はある年、夏休みをそこですごした。青春の感性と抒情と想像力がさわやかに定着され、静かな明るさにつつまれた作品だが、その中に女性は四人出てくる。どれもヒロインではなく、この作品の中心(ヒーロー)は作者梶井自身を反映している峻(たかし)という青年の方だ。

峻に対して、四人の女とは、峻の姉であるこの家の主婦、彼女の夫の母親、彼女の娘(勝子)、彼女の夫の妹(信子)である。信子も女学生で、峻と同じように、夏休みのあいだこの家に遊びに来ているのだ。淡々とすぎてゆく田舎町――といっていいのだろうか――の夏の日々に私は心を洗われる思いをしながら何度も読んだが、だんだんと自分の眼が主人公峻の眼と重なり、若い娘信子ひとりが作品から浮びあがってくるような思いを味わった。

それは、縁つづきの娘への、一夏の淡い恋ごころにすぎない。ありふれている。それなのになぜこんなにこちらまで惹かれるのだろう。峻や信子も加わって一家で奇術一座見物にゆく情景、八月の末、信子が寄宿舎に帰る前夜の場面、彼女の出てくるのはそれだけ。ほとんど会話もしていない。それでいて峻の心の動きはくっきりと見える。その夜、一雨あったあと、峻は外に眼をやる。

信子の着物が物干竿にかかったまま雨の中にあった。筒袖の、平常(ふだん)着ていたゆかたで彼の一番眼に慣れた着物だった。その故か、見ていると不思議なくらい信子の身体つきが髣髴(ほうふつ)とした。

物干竿の着物から感じられた小さなヒロインの面影である。

# 青くさい古典

「私の古典、私と古典」という『學鐙』のシリーズのタイトルを見ているうち、どこか惑わされたような気分になった。どう書いていったらいいのだろう、何が「私の古典」なのだろう。正直のところ、すこし弱らされた。そう生真面目にとることはないではないか、テーマなり話題なりの大枠が「古典」というだけのことだ、それは充分に分っている。分ってはいるが、惑わされたのも本当である。

背凭(せもた)れに体を預けて窓の外をぼんやりと見ているうちに、自分も弱っているけれど、古典も弱ることがあるのかもしれないと思いついた。言葉のあや、レトリカルな言い換えみたいなことかもしれないが、古典だからといって常に金鉄のごとく堅固不動とは限らないだろう。叩けば、きまって戛戛(かつかつ)と響きを発するものばかりではあるまい。なかには、弱った古典、ぐちゃぐちゃした古典、曖昧な古典もまざっているかもしれない。いや結局のところそれは、「弱った私」の眼が見るから「弱った古典」になってしまっただけのことではあるだろう。しかし、それならぐちゃぐちゃと書いてゆくことぐらい、できそうではある……。

いきなりお名前を引合いに出してまことに恐縮に思うけれど、先日都心の新しい大型書店で、隈研吾氏の『負ける建築』(岩波書店、二〇〇四年三月刊)という本を購入した。評判の本であり、すでに三刷になっている。そのタイトルに唸らされたし、隈氏の発想と理論の清新なのに打たれたのだった。私は古い古い建築技術者の息子だから、建築は災害に負けてはならぬ、大地震で倒壊してはならぬという固定観念を遺伝子の中にもって育った人間だった。それだけにいっそう「建築も負けるのだ、負けてもいいのだ」と嘆声を発したわけである。こういう感性のつづきで、古典も弱くなることはありうる、という方向がきまった。弱くさえあればすべてよし、とは考えないが、弱さも古典を形づくる一つの要素というぐらいの線でゆきたい。

そうは言いながら、「弱い古典」からも、またすこしずれたあたりを出発点とするしかない。近ごろの癖で、何とも古いむかしの自分をしょっちゅう記憶の底から喚び出しているためで、「青くさい古典」「子供っぽい古典」が、それに引きずられたように出てくるのである。それが昭和十八年のことだったのだけ、はっきりしている。中学一年のときだった。

夏休み、退屈なので親の机の脇に積み重ねてある改造社の『現代日本文学全集』を引張り出してみると『夏目漱石集』があった。「吾輩は猫である」がたしか三章まで載っていて、それを夢中で読んだのが大人の小説を読んだ最初の経験だった。小学校のころは受験勉強に追われていたせいもあったが、ずいぶん遅れた子供だったと思う。「猫」は非常に面白かったが、いまここでそれを「私の古典」と言いたいのではない。それは言ってみれば古典以前であり、「面白さというものがある」という経験だった、一応こう顧みておこう。

改造社の円本は揃っていなかったものの、三、四十冊はあっただろう。「猫」と「坊つちゃん」

のあと、別の作家をあれこれいじくりまわしているうち、何に心が留まったのかといえば『正岡子規集』だった。これが私一個のこととして小さな不思議であり、殊更「なぜあのとき、次は子規となったのだろう」と考えはしなかったものの、意識と無意識の境目のあたりで、かすかな気がかりになってきた。露伴、秋聲、荷風、白鳥、虚子……といろいろあったのに、である。漱石と子規が親友だったと分った、そのせいだったろうか。小学校の国語の時間に俳句を作らされ、みんなの句がプリントされて配られたことがあったが、そんな記憶のかけらが子規と結びついたのだろうか。

いま当時の円本は手もとに一冊もないので記憶を掘りかえして書くしかなく、完全に正確なことは言えないのだが、『正岡子規集』には俳句、短歌のほか「歌よみに与ふる書」も入っていたし、小説「月の都」もあったかもしれない。ところが中学一年生が「猫」の次に夢中になったのはそれらではなく、子規晩年の日録あるいは随筆『墨汁一滴』『仰臥漫録』『病牀六尺』だった。こう書いて、あらためてなぜだろうという気持になる。

中学生ぐらいの子供なら、ストーリー性をもった物語や小説が好きになるというのが普通である。現に私も最初は「猫」に夢中になったのである。これに反し、病臥する子規の日録、感想は中学生向きとは思われない。とすると私はその意味で、かなりひねこびた人間であったらしい。当時は、ときどきそんな自分の性格を「いやだな」と感じたりしていたが、それで悩み抜いたというほどでもなかった。何十年もたった現在では、むしろそうした自分の幼稚な読書歴の一部をふりかえって、なぜそうだったのだろうと思いかえすのが小さな楽しみにもなっている。

いま取りあえずの仮説として思いえがいているのは、子規の『墨汁一滴』などの作品が文語体の日記であったことが、文章としてとても気持がよかったのではないか、ということである。完全な、まじりけのない文語体ではなく、文語体と口語体が入り交っており、その日の気分によってか、書き記そうとする話題の内容によってか、文語にしたり口語にしたりしていたのだろう。時代を考えれば、両者が後の時代のようにはっきり分れていたわけでもなかった。ただ中学一年の私は、文語体のところが何とも「いい調子だなあ」と感じていたことが思い出せる。

たとえば『墨汁一滴』から。

　この頃根岸倶楽部(クラブ)より出版せられたる根岸の地図は大槻(おおつき)博士の製作に係(かか)り、地理の細精(さいせい)に考証の確実なるのみならずわれら根岸人に取りてはいと面白く趣ある者なり。我らの住みたる処は今鶯(うぐいす)横町といへど昔は狸(たぬき)横丁といへりとぞ。

(一月十八日)

　去年の夏頃ある雑誌に短歌の事を論じて鉄幹子規(てっかんしき)と並記し両者同一趣味なるかの如くいへり。吾以為(おも)へらく両者の短歌全く標準を異にす、鉄幹是(ぜ)ならば子規非(ひ)なり、子規是ならば鉄幹非なり、鉄幹と子規とは並称すべき者にあらずと。乃(すなわ)ち書を鉄幹に贈つて互に歌壇の敵となり我は『明星(みょうじょう)』所載の短歌を評せん事を約す。

(一月二十五日)

子供心に「狸横丁」なんていう言葉を喜んでいたし、「鉄幹是ならば子規非なり、子規是ならば鉄幹非なり」のカッコよさに気持がはずんだ。大人になりきれていない人間が興味をもつのは、ストーリーの面白さや血湧き肉躍る大活劇の場面だけではない、文体や言葉遣いの面白さも大きい、そう見ることができるのではなかろうか。ちょっと偏屈なタイプの、はきはきしない子供だった私は、その後者だった。けれどもこのことを一般化して、偏屈なタイプはたいてい後者になるといった新説を唱えるつもりは、全くもっていない。

『仰臥漫録』からも引いてみよう。

九月八日　晴　午後三時頃曇　暫くして又晴
朝　粥三わん　佃煮　梅干　牛乳五勺ココア入　菓子パン数個
昼　粥三わん　松魚(かつお)のさしみ　ふじ豆　つくだに　梅干　梨一つ
間食　牛乳五勺ココア入　菓子パン数個

よく人が嘆ずることだが、こうした日々の食事の精細な記録が、なぜ読み手の心を惹きつけるのだろうか。「ふじ豆」とか「梅干」という言葉がそれだけですでにそのものになっており、読み手の口のなかにその質感、味がじかに感じられてくる不思議さは、どこから来るのだろうか。

私の仮説をいうと、この種の記述はどれも体言のみで成っていて動詞を含んでいないけれども、実は動詞抜きの文語体なのではないか、だからうまくは分析できない魅力があふれ出してくるのではないか、ということになる。ただこの見方を理論的に補強しようとか、一般論へと拡大していこうとかの意図はない。子供の私が「文語文て、いいものだなあ」と思った、その気持のよさの中に、子規の体言だけから成る食事録もたまたま入ってきたのだ——この個人的回想を記してみたまでである。

ところで最晩年の『病牀六尺』は、ほとんどの個所が口語になっている。では私にはつまらなかったかというと、そうとも言えなかった。この時期の子規には、一つには死の接近の意識があり、それに伴って「写生」「造化の秘密」という言語の本性に対する肉薄があった。文語か口語かというレベルはすでに超えられていたのだろう。

だがその間にも、死の五日前、明治三十五年九月十四日には「○足あり、仁王の足の如し。足あり、他人の足の如し。足あり、大磐石の如し。僅かに指頭を以てこの脚頭に触るれば天地震動、草木号叫、女媧氏いまだこの足を断じ去つて、五色の石を作らず」と、最後の文語体があらわれる。思い出すと、これは何の意味かよく分らなかった私は、かすかな怖れと畏れをこの個所から覚えていたような記憶がうかんでくる。

これまで語ってきたのは「文語文」であり、「古典」ではなかった。しかしはじめに示したように「弱い古典」や「幼い古典」「青くさい古典」もありうるとすれば、あのころ私が子規の文語文の快さにひたったというのは、それを年齢相応の「幼い古典」「青くさい古典」として感受していたということなのだろう。いまはそうした総括によって、自ら納得する気分になっている。

断るまでもないが、これは子規の文章が「幼かった」「青くさかった」ということではない。ラテン語のクラシスに由来する「クラシック」という概念など何一つ知らずに、はじめて出会った文語体にうっとりさせられた、それをしも「私の古典、私と古典」と辛うじて呼ぼうとする人間が私である。

## 「分らなさ」の中で漂う

文学資料や文学者には、さまざまな「分らなさ」や「曖昧性」が付き纏うものだということを、時々感ずる。といっても「分らなさ」の意味とかその現れ方とかはそれぞれ違うのだが、ふりかえってみると方々にそれがあって、微妙に繋がっているような、いないような気分にさせられる。

二十代、まだかなり素朴な文学読者だったころのこと。作家が、本業の小説ではない短い文章、たとえば随筆などで、「いま旅先にいて、手もとに資料がないため正確には分らず、記憶でいうのだが……」と断ってから何か書いているのに、何回も出会ったものだった。

多忙な人気作家は取材や講演のための旅行が多い。泊った宿でも連載を執筆し、ちょっとあいた時間には随筆を書いたりするといった事情が窺えた。そうした釈明ないし挨拶は、ほとんど余技的な文章の中で見出されるものだったわけである。それは筆者読者とも、互いに気楽であっていいいようなケースである。若い私はそう了解したが、同時に何かそこに作家のわがままめいたものも感じていた。分らないことがあれば、資料に当ってちゃんと調べてから書くのが本当ではないか、それを、分らない内幕をさらけ出して書くとは……。そんなコチコチの考えの中にいた私である。

「分らなさ」をすぐ解決しようとはせず、取り敢えず括弧でくくったような形にしておいて書いてしまうというのも、うまくいった場合にはという条件つきで、たしかに一つの方法といえる。時には「分らなさ」が別の味わいを生んだりもする、そのへんの機微がそのころはまだ分っていなかった。

河上徹太郎が私は好きで、よく読んでいたが、そのころ彼が友人小林秀雄を語った文章に出会った。二個所、引用してみよう。

郷里岩国の旧宅で、時折遥かに聞える花見客の酔声に喚び覚されながら、締切仕事のない春の日を愉しんでゐると、『別冊文藝春秋』から電報で「小林秀雄、人と作品、三十枚タノム」といつて来た。考へてゐるうちに書いて見たくなつた……。

私は旅先でこれを書くために、町の図書館へ本を探しに行つた。然し生憎彼の文献といつたら、私と抱き合はせになつてゐる角川版の全集しかなかつた。仕方がないから借りて来てパラパラ読んだ……。

そのころは新幹線もなかった。場合によっては執筆依頼に電報も使われていたような時代で、今日とは大違いである。私はこの文章がとても面白く、印象がつよかった。郷里の自宅といっても一種の旅先であり、借り出した角川版昭和文学全集の『小林・河上集』をパラパラとやれば、二人の間の三十年は友情と洞察、音楽と酒に彩られ支えられて、回想と解説三十枚はたちまちにして成ったという趣だった。「分らなさ」にこだわっていた私には、「分らなさ」を越えてこういうふうに書くこともできるのか、という思いが湧いてきた。

河上徹太郎は小林秀雄について何回も書いているが、若いころの小林秀雄はマンドリンが上手くて、「ムニエルのコンチェルトなどいふ、最高の技術を要するもの」を弾いてみせてくれたとか、その後ヴァイオリンに転向した小林とピアノの河上とが「フィガロの結婚」の抜萃曲をやったとき「二人共勝手なことをブーブーガンガンやるばかり」なので、いっぺんでやめたとかは、いま二個所引用した『別冊文藝春秋』を初出とする文章にしか記されていない。回想するたびに何度でも語られるエピソードもあれば、一度言われたきりで、二度と出てこないエピソードもあるものだ。それは重要度の違い、面白さの違いでそうなるとも考えられるが、資料という側面からみると、一回しか言われなかったことの方が見つけにくく、ついうっかり記憶から逸れがちなものである。「分らなさ」の余波といったものだろうか。

このほか、ちゃんと分っていても、敢えて「分らなさ」を装って表現をぼかすという高等戦術もよく用いられる。「ある人」と書かれているのは実は誰なのか、資料を読む側からすると、それは推理の問題となって、面白いがむずかしい。しかしここでは、それについては省略しよう。

「分らなさ」にも色々あるといったが、その例として挙げた河上徹太郎の「小林秀雄」を、それが出た当時何で読んだのだろうか、そのことがいま私には分らなくなっている。初出誌『別冊文藝春秋』は買ったこともなかった。河上さんのそのころの単行本に収められていたので読んだように記憶していた。では、当時愛読した『わが旅わが友』(人文書院)だろうと出してみたが、この本には別の小林論しか載っていない。この一文で私が引用したのも、はるか後、昭和五十三年に昭和出版で刊行された『わが小林秀雄』からなのである。些細なことだが、私一個の読書史の中に挟まっている小さな「分らなさ」だ。いまだに私は資料さがしの入口のあたりでまごまごしているらしい。

# 古書は人を動かす

今まで中野重治について書いたことはなかったけれども、一冊、好きな本を持っている。昭和五十年に筑摩書房から刊行された『本とつきあう法』、カバー装で青山二郎装幀である。裏見返しには値段を記した付箋の剝がされた跡がついているので、古本で買ったのだ。でも昭和五十年刊だから、古書という感じはしない。

その中の「ある古本の運命」というエッセイが、私は気に入っていた。これは元来『文藝』昭和二十五年(一九五〇)六月号に載ったものだった。当時私は二十歳、気紛れでこの『文藝』を買い、他の文章は忘れてしまったが、中野重治のエッセイだけはとても面白く、しゃぶるようにして読んだ。独文科に入学したばかりのころで、リルケ研究の目標はもう立てていたが、他にもあれを読みたい、これを読みたいと夢をふくらませていた。中野重治は同じ独文科を、三十年ぐらい前に卒業した先輩でもあった。

『文藝』はいつの間にか散佚してしまったが、筑摩版の『本とつきあう法』を入手してから以後も、数年に一度の割合で読み返している。何回読んでも同じように面白い。脱線が多いのにいつかピチピチした語りの流れへと脱線が吸収されてゆく、うまい落語の味に似ている。

こういう話だった——あるとき詩人で英文学者の山宮允（さんぐうまこと）から、あなた（中野）の所持していたホフマン・ウント・カンペ版の『ハイネ全集』を古書として購入し、自分（山宮）の勤める東京都立大学の図書館に入れた、と言われた。そこで中野重治は、その全集のことなら、実は手もとにまだ二冊残っている、それを図書館に寄附したいと申し出た。こうして寄附したあと、図書館から「ハンブルク版ハイネ二冊たしかに受けとった」という受取状が届く。ホフマン・ウント・カンペ社はハンブルクにある昔から知られた出版社である。

手もとに二冊残っていたというわけは……。ここから中野重治独特の語り口が面白い打ち明け話となる。大学時代ハイネを読もうと考え、東大前の郁文堂で知合いの店員から少し値段をまけてもらって、二十巻のハイネ全集を買った。ところがそのうち金の必要に迫られ、質屋にそれを持ちこむが、そのとき「十八冊だけを質屋にわたして、最後の二巻は取りのけておいたのであった」。というのは、その終りの二巻「手紙集」が他の版では読むことのできない貴重なものだったからだ、と彼は述べている。

普通は「書簡集」というが、中野重治が何度も「手紙集」と記しているのは何とも独特で、中野の口調をじかに聞いている感じだった。たとえば「啄木の手紙」とはいうが「啄木手紙集」という表現はまず聞かない。しかし実感はある。私は中野重治のいい読者ではないのだが、「中野重治手紙集」という題の本がもし出たら、きっと買って読むだろう。

昔は呑気というのか、おおらかというのか、質屋は「作品ほとんど全部のはいっている十八冊本全集として一件を受け取った」けれど、中野重治は「一種の呵責」を感じたと言っている。利息も何回か入れて流さぬよう努めたものの、それなりになってしまった。これはかつての学生と質屋のよくある関係だったろうが、中野重治の心を推しはかると、「手紙集」だけどうしても持っていたかった気持は、分る気がする。作品ならば別の形でいくらも読めるのだ、だから、こう嵩張るのなら、こう本代がかかるのなら、せめて全集の終りの方の巻、つまり随筆、雑纂、「手紙」、年譜、索引あたりの巻だけ持っていたい。こういう心理はかなりの人に共通するだろう。

手もとに残した「手紙集」を実際中野重治はよく読んだようである。ハイネの人生の動静にもくわしくなった。その一端は「ある古本の運命」の終りの方にも少し記されているが、私は昨年堀辰雄をいろいろ読み返していて、そこでまた「中野重治、ハイネを読む」というトピックスに出会ったのだった。それは前に読んだ筈の文章だったが、ささやかなものだったせいか忘れていた。

その堀辰雄「葉桜日記」は昭和八年五月に書かれている。『驢馬』の仲間中野重治の訳したハイネの手紙の「写し」が堀辰雄の所にあった。それを堀は自分の編集する雑誌『四季』に載せたいのだが、意味不明の個所がある。「が、いま、中野には会ふことができない」。というのは、そのとき治安維持法違反容疑で、中野重治が豊多摩刑務所に収容されていたからである。堀はハイネの原文を見たいのだ。ドイツ語、フランス語、どちらも堀辰雄はできる。

どうしたものかと考えているうち、かつて同人誌『箒』『虹』を一緒に出した仲間の竹山道雄を思い出した。竹山が持っているかもしれないし、彼がドイツ語を教えている一高の図書館にあるかもしれない。一高は以前堀も理科の生徒として学んだ高校であり、中退はしたが、同じ仲間の神西清(じんざいきよし)も一高だった。こういう次第で堀辰雄は一高に竹山道雄に会いにゆく——これが「葉桜日記」という短いエッセイである。これは最初一高校友会誌『橄欖樹(かんらんじゅ)』に発表されたもので、そのときのタイトルは文字通り「日記抄」だった。

気軽な文章。昔の汚い校舎と新築の校舎のあいだでまごついたり、現役の生徒たちの体操やキャッチ・ボールを眺めたり、かつてサマンやレニエの詩集に読み耽ったグラウンド脇の芝生を回想したり……そのうち授業を了って、生徒たちに取りかこまれながら戻ってきた「若い教授」が、はじめは当の竹山道雄とは気づかなかった、こういって一文は終っている。

堀辰雄は竹山道雄にどう話しかけたのだろうか。何も記されていないが、こういうエッセイの形で発表したのだから、それも竹山道雄の教えている一高の校友会誌に発表したのだから、ハイネの手紙の原文を借りるか、見るか、できたのだろう。訳文をそうやって検討したのだろう。私は『四季』のバックナンバーも手もとになく、『中野重治全集』ももっていないために、推測と想像しかできないが、ハイネの手紙を中野重治が訳す、それを堀辰雄が読む、よく分らない個所を調べるために竹山道雄に会いにゆく、会ってたのむ、こうした一連の書物ものがたりの流れは興味ふかく感ずる。

古書にはたしかに香気がある。内容に加えて装幀、造本の美的なおもむきがある。それとは別に、古書は人の心を魅了し、人を動かすものだということは、堀辰雄をいわばコーディネーターとして、ハイネが方々に拡っていったようなこの例からも思いえがくことができよう。

作品の印象からセンチメンタリズム、軽井沢文学と片付けられやすいが、堀辰雄の本の世界への感性と触手は優秀だった。それは彼が一方では室生犀星や『驢馬』のグループと親しく、他方神西清、竹山道雄、大野俊一などのグループにも入っていたこととかかわりがある。人は本と深く結ばれるが、本を通じて人は人とさまざまな交わりの形をえがきだす。

話をふたたびもとに戻すと、中野重治はまた、ホフマン・ウント・カンペ版の『ハイネ全集』は、本当は二十巻でなく、二十一巻だったらしいと、「ある古本の運命」で書いている。彼が手もとに残した「手紙集」の二冊目は一八四〇年代で終っていて、これはハイネの死が一八五六年だから、そのあとの時期が「欠」ということになろう。とすると第二十一巻があったのではないだろうか。中野重治はドイツ文学史の記述の中に、ハイネの死後最初に出た全集は二十一冊本だったとあるのを見つけて、「とたんにそのことを思い出して宝物が傷つけられたような気がした」と書いている。「全揃」と思っていたのがそうではなかったと知ったときの落胆、よくあることだ。

筑摩刊の『本とつきあう法』には東京都立大学の所蔵となった『ハイネ全集』の写真も載っている。数えてみるとたしかに二十冊で、二十一冊ではない。第十八巻の見返しに「一九二五年二月五日　中野重治」と署名してあるのも写っている。これは郁文堂で購入した日付だったろう。

# 「書評家」と名乗ってみては

「私は書評家」と名乗る人はほとんどいないと思われる。書評だけでは職業として成り立たないのだ。それもあってか、肩書としての「書評家」は少しも有り難いものではない。相手をやっつけたければ、「この書評家め！」とやればずいぶんきくはずである。書評家はそんなものだとしても、書評という仕事は本来きわめて重要なものであるはずだ。ただ書評はそんなに重要なのに、「書評家」は——というより「書評家」というイメージは——その程度のものだというずれを、奇妙なものではないかと指摘したいのである。これは「書評家」自身の意識の持ちようと世間の意識との両方にかかわっていることで、そこに少しでも風穴をあけてみたくなる。

私は書評家の地位向上を唱えようとしているのではない。もちろん、書評をする時には本業（何々評論家）の意識をすてて書評に徹すべきだというのでもない。むしろ逆である。その分野の専門家であってもまるで書評に向いていない、書評のできないタイプの人物もいる。書評とは専門の見識、判断力と、ここでは説明しきれない書評適性能力の複合したものであり、「書評家」とは一種の専門職である。今日、時代の傾向からか「詩人・作家」というようにダブルの肩書がふえてきた。それならば「何々評論家・書評家」というダブルも面白い気がする。

# 書影が喚起するもの

五年間、月の数でいうと六十カ月、同じようなことをやってきた。ひとに言うほどのことではない。ささやかな仕事ながら、これまでそんなこととは無縁だったから、よくも続けられたなあ、と今もときどき思う。小さな趣味的な分野で、回顧の姿勢を基調に、月ごとに楽しみを味わってきたのである。

『日本古書通信』から頼まれたのだ――平成十二年一月号から一年間、フロント・ページにのせる「本についての連載」をやってほしい、と。『日本古書通信』のそのページは、何かの専門分野をもった筆者が、系統を追って本の解説や研究余滴などを書いている欄だが、何といっても同誌を手にする読者がまっさきに眼にするページである。そこに依頼をうけたのだから、これは嬉しかった。ただ私は研究者ではないから、研究余滴といったものは出来そうにない。では、ノン・セクションで、子供のころに読んだり、読まないまでも手にとって眺めたりしたあれこれの古本の話でもしましょうか、ということになった。

銀髪の美しい八木福次郎さんは九十に近いお年だが、矍鑠(かくしゃく)として居られる。あのページの連載は必ず本の写真を出すことにしています、と言われる。書影はいつも左上に載っていて、それが売り物にもなっているようだ。しかし書く側からいうと、本を手もとにもっていなければ書けないことになる。八木さんは、当時引越しが近づきつつあった私の家に来たとき、部屋から廊下までやたら本が積まれたり、溢れ出したりしているのを見て、あの欄と私とを結びつけたらしかった。

それを引受けた結果として、私は、むかし読んだ本のことをただ書くのと、書影を撮影してもらって書くのとでは微妙に何か違うということを、はじめて経験したのである。微妙に違うそれは気分か、雰囲気か、それとも中身か、いったいどれなのだろう。

書影をよく眼にする場所は二つある。一つは、この『浪速書林古書目録』のような古書肆の目録であり、もう一つが文学者の全集や研究書に、書誌的な証拠提出、確認といった意味で載っているものである。どちらも写真には目的があり、理由がある。古書肆の目録の方は、顧客に、それがどんな装幀でどんな外見・形状なのかを知らせるわけだが、美本や希覯本の探求という人間的欲望と結びつくと、浪速書林のそれのように書影を眺めるだけでも楽しくて、ドイツ語でいう「眼の保養（アウゲンヴァイデ）」というところまで行くことになるだろう。一方、書誌的な書影は見る悦楽もありうるが、それ自体が書誌的記述の一側面を支えるといった意味を帯びている。

ところが私には目的も理由もなかった。そして『浪速書林古書目録』にはけっして載るわけがない、汚れきった安本・駄本であっても、むかし手にとった何かの感触と記憶があれば、「堂々と」写真つきでエッセイに書いていいのだった。これは何というか、とても逆説的なことではないだろうか。逆説的でありながら、子供のころの懐かしさを素直に思いかえしていいのである。

この複合の感じがいい。私の好きな複合感だった。

　ふりかえると、今は失くしてしまった本、売却してしまった本も多い。『のらくろ』や『冒険ダン吉』もそうだ。『講談社の絵本』もぼろぼろになった十冊ぐらいが、頭の片隅に浮かぶだけだ。池田宣政、山中峯太郎、海野十三、しかし小説の題はさっぱり思い出せない。私のウィーク・ポイントだ。

　平山修次郎の『原色千種昆虫図譜』の正続二冊もあった。理学博士松村松年校閲、三省堂刊というものだった。そういえば小学四、五年のころ、石神井公園の平山博物館で、一人の少年が採集した蝶の標本を平山さんに見てもらい、一つ一つ名前を教えられている現場に行き合わせたこともあった。大切にしていた本の著者平山修次郎という人を、すぐそばで見たのである。でもこうして挙げてきた本を『日本古書通信』で取上げるわけにはいかない。手もとにないからである。

　このように児童書は子供雑誌と同様に散佚がひどく、残っているものもどうも面白味に乏しかった。それでも特に大事にしていた本は幾つか残っていた。そこで『日本古書通信』では、鈴木三重吉『綴方読本』、森田たま『鉛の兵隊』、森岡美子『萬葉集物語』という順序で取上げて、思い出せることと現在読み返してみての感想とをまぜあわせながら、あまり重い調子にならないように書いていった。

　親の本、つまり大人の本は、子供の本よりもよく残っているので、続いて母の音楽の本、たとえば大田黒元雄『水の上の音楽』、小松耕輔『世界音楽遍路』などを、むかしつまみ食いしたのと同じように、またパラパラとあちこち拾い読みをした。一方、父は技術者で、本棚はほとんど工学書だったけれども、美術趣味もあって、内田實の『廣重』とか小島烏水の『浮世絵と風景画』などを持っていた。どちらも汚れた古本として買ったらしい外見だったが、それを私は引張り出しては眺めていたので、そういう本のことも順々に書いていった。

内容もよく分らぬまま、生半可に大人の本をいじくりまわして、それで理解といえるのかという考えもある。私自身もその考えはもっている。しかしそもそも子供には、よくは分らない本を手にとってみる感触的快感が本質的にあるのではなかろうか。子供の中のそうした傾向が、大人になってから美本への探求に変身したり、安本・駄本漁りに低迷したりするのではなかろうか。どちらに行くかは経済能力という別の条件もからむことなので、軽々には言えないが、私の場合は、遺伝的に美本への憧れが欠けていたようである。一介の勤め人だった父は、本の買い方でも学生時代の癖を残していて、神田や本郷から、函がなくなった本や、蔵印が捺してある汚れ本を、後々まで求めてくるところのある人だった。

『日本古書通信』の連載はこちらからお願いし、延長して二年続けたが、そのあと切れ目なしに『図書』で、やはりむかし読んだ本のことを自由に書くという趣旨の連載を開始した。私からすると、本当にうまい具合に連載の楽しみを延長することができたのである。『図書』には私の方から申し出て、やはり毎号必ず書影を出してもらうようにした。『日本古書通信』のときの通しタイトルは「木漏れ日の読書みち」だったが、『図書』では「本の各駅停車」というタイトルをつけた。

着手する前は雑多な本を扱うつもりでいたが、「やはりこれは岩波書店だから」との思いも打ち消せない。岩波は大正のころドイツ文学をよく出していて、父の本棚にも何冊かあった上、私が独文の卒業であってみれば、この連載はドイツ文学の古い本のはなしにしよう。この気持が固まってきた。今日全く流行らない分野だけれど、そこには古い薔薇の残り香のようなもの、古風な精神性のかたちめいたものは揺れているだろう。こうしてゲーテ、ホフマンスタール、リルケなどを語り、日本の独文学者たち、たとえば手塚富雄、片山敏彦、竹山道雄などを回想した。『図書』でそれを三年続けて終り、『果樹園の蜜蜂』という本に纏めて、一連の仕事は終った。苦労もしたものの、すらすら読める軽快な本になったと思うし、本とつきあう楽しさが私に残ったのは倖せなことだった。

本にも著者にもはやりすたりはある。現在呆れるようなブームの中にある詩人や作家については、何だろうこれは、と私は思う。しかし美本やその対極である安本・駄本はそれとは別物だ。美本の価格の変動は生じたとしても、本質的にはやりすたりとは関係がない世界だ。いつの世にも美本への憧れがあり、安本・駄本との腐れ縁がある。憧れは美しいし、腐れ縁もどこか懐かしい。

# 五月の読書

爽やかな五月、読書のためにも好季節である。本はあまり体を動かさずに、椅子にすわったり寝そべったりして読むので、寒いと心身がちぢこまってちゃんと読めない。だからそういうときは屋内の室温を調節する。（私は、暑さは案外に平気なのである。）五月になったとは、私にとって、屋外でも気持よく本が読める季節がきたということを意味している。

そこで狭い庭においてある簡易ソファーの出番となった。日ざしがじかに本や顔に当たらないよう向きを変えたりしながら、垣根やバラのアーチの若々しい緑にも時々眼を遊ばせて、持って出た本や雑誌のページをめくるのが楽しみである。ただ庭に出ると、前の道路を通る車がうるさいし、緑だけでなく黄のモッコウバラ、白いコデマリも私の眼を誘惑するため、じつは気が散ってしまうという側面もある。

そんなわけで庭ではむずかしい、理屈っぽい本は読めないし、読まない。あまり頭を使わなくてすむものが向いている。時々古書店から送られてくる古書目録が具合がよく、画集や写真集もいい。

愛書家や蒐書家は目録をそんな風に読むことはないだろう。彼らの情熱はたいへんなもので、今日はどこの古書店の目録が届くだろうかということまで予測して待機し、着くとすぐに見てチェックし、すぐに申込みをする。抽籤制の店もあるが申込受付順の店も多いからだ。私のように庭でのんびりと、というわけにはいかない。趣味の世界とはいえ、彼らはひとに負けられないのだ。

先日、庭のソファーで少し前に届いてほったらかしておいた古書目録を眺めていたら、ある本に眼がとまった。それは何冊かの表紙や外函を写真で紹介しているページで、その一つを見たとき、「あ、これはむかし家にあった。父が持っていたっけ」と思ったのだった。和本である。頼山陽の『新居帖』というもので、写真の下についている簡単な説明では四冊で全揃ということらしい。「家にあったのは一冊だけだった。あれは揃いじゃなかったんだ。汚れてくたくたの本だった」と、少しずつ思い出した。

何年前になるのか、戦争中だったから六十年はたっているだろう。そのころ父は大阪勤務で、休日は読書や小旅行ですごしていたらしかったが、時々東京の家に帰ってくると、向うで読みおわった本や買っただけの本を、どさりと畳の上に置くのだった。古本屋で求めた随筆集や旅行記が多く、和本は珍しかった。そのころ中学一年ぐらいだった私は父とこんな話をした。

「それ、何？」

「頼山陽だよ、『新居帖』っていうんだ。ほら、ここに判子（はんこ）が捺してあるだろう。古本屋は、これは高杉晋作が持っていた本だって言うんだがね」

「へえ、ちょっとすごいね」

「すごいだろう」

大阪か京都で、そう言われて買ったらしい。その判子は印鑑によく使われる篆字体だったから私には読めなかった。父は古本屋から読みを教わった筈だが、私には言わなかったような気がする。晋作には東行という号があるけれども、判子の字数はもっと多かった。

こうして思い出しているとまたいろいろ浮かんできて、父は「晋作には高杉のほかに、谷という名字もあるんだ」と言ったような気もしてきた。古いことではっきりしないのだが。もしかすると谷という名字は、私が後から人名辞典で得た知識が、にせの記憶となってあのときの情景のなかにまぎれこんだのかもしれない。その一冊だけの『新居帖』はどこかにいってしまって今はないが、私はソファーの上で、これは晋作の所蔵本だったんですよと言われて、父はすこし高値で買わされたのだろうと思い返していた。歴史上の人物だもの、ちょっと高くても当然だろう。

古書目録では、よく「蔵書印アリ」とか「書込みアリ」とか「少汚」とか記されたものを見かける。その分だけ値段は安くなっている。私は学生時代から、汚れていてもカバーがなくなっていても安いほうが助かる、と思って本をさがしてきた。美本、極美本にほとんど縁がなかった。ところが蔵書印でも書込みでも、著名人がかかわっていると逆転して値があがるのだから、これは古書界特有の法則なんだと思わざるをえない。有名な作家の署名本も、そういう意味ではちょっと値がつく書込み本の一種ということになりそうである。

どちらも有名作家なのだが、A氏がB氏宛に署名をして贈った小説集を、ある店の店頭の均一本の中からたったの百円で買ったことがあった。外側が汚れていたために店主は中の確認を省略したのだろう。ハードカバーではない薄い紙函に入った本だった。

私の父はときどき本に書込みをする人間だった。学生のころ読んでよくわからなかった小説を、後日読んではじめて理解できたと欄外に書いていた本を見たことがある。鮮明に覚えているのはむかしの改造社の一円本全集『夏目漱石集』で、その最後には長篇「道草」が載っていたが、最終ページのあいた個所に父は、「七月三十一日読了ス、コノ日、国カラ母来ル」と記していた。父の母、私の祖母が郷里の石巻から出てきたのだ。それは昭和二年か三年で、私はまだ生れていない。未生以前の世界をのぞくような感じがして、不思議な気持ちでその書込みを眺めたことを、今度また思い出した。

# II

# 芸術と親しむ日々

# クレーの月

スイスのベルン市近郊に生まれたパウル・クレーが、ギムナジウム卒業後、絵画の研鑽をつむために選んだ修業の地は、パリではなくてバイエルン州の首府ミュンヒェンだったということは、考えさせるものがある。パリを選ばなかったのは、その家庭が（つまり父の系統が）ゲルマン系であったという事情にも基づいていたにちがいないが、クレー歿年の一九四〇年に認められた履歴書中の表現によるならば、ドイツの方が「自分の気質に合致していた」というわけだった。もちろんここから、画家クレーにおけるゲルマン的資質——たとえば一種の内視とか神秘性とか——を語ることも可能であろうし、大方のオーソドックスな美術論は、それをやっているのではないかと思う。

ただ、私は美術にくわしくない自分の立場を自覚しているせいか、そこからそれとは少し違ったことを聯想（れんそう）する。つまりクレーの選択は、寒風の凜としてすさぶ北国ドイツの民が、アルプスを越えた南の国の溢れる陽光と、紺青はてしない空を心から憧れずにはいられないのと、偶然なのか否かは知らないが、ちょうど逆のむきを示している、ということなのだ。少女ミニヨンに「知りますや、レモンの花咲ける邦を」と歌わせたゲーテにしても、霧に閉されたゲルマンのヴアルキューレに憑かれながら、心の奥ではやはり救済を信ずることはやめなかったワーグナーにしても、ヘリオトロピスムス(向日性)を秘めていた点では、やはり同じゲルマンの裔だという気がする。

それならば、スイスのドイツ系住民の心性には、ゲルマンの一般的傾向とはどこか特異なものが見出されるということなのだろうか。スイス的地方性から一歩踏み出そうとするとき、その行方はさまざまであるだろうが、ゲーテのあとを継ぐ教養小説『緑のハインリヒ』の作者でチューリヒ出身の小説家ケラーがミュンヒェンを遊学の地と定めたように、彼らにとってはドイツもまた目標の地となり、若者の憧れの土地となり得ないわけではなかった。十八世紀にドイツの権威主義的文学批評家ゴットシェットと、スイスのボードマーおよびブライティンガーが激しく対立したように、あるいは今日、スイスの解釈学派の巨擘(きょへき)シュタイガーに対して、ドイツ国内の文芸学者たちが、一種の本家意識に基づいた優越感を垣間見させているように、ゲルマン系スイスとドイツの間の緊張関係は相当なもので、時代の精神史としても、個人の精神史としても、無視できない問題をはらんでいる。

クレーも、つまりはそんな緊張の中で眺めてみることができる。そしてこういう緊張関係の中に置いてみたクレーを一語で言いあらわすのに、私は辞書に載っていない自分の勝手な造語で、「ルナトロピスムス」と呼んでみたい欲求を覚えてならないのだ。注するまでもあるまいが、ルナは月であり、ヘリオス(太陽)と対比される。太陽を追い求める向日指向の道をほぼ逆に北上していったクレーは、ルナに憑かれ、ルナに惹かれていたのではあるまいか。

尤も、ドイツ語の字引はヘリオトロピスムスの反対語としてゲオトロピスムスという語を挙げているのが普通である。これは向地性、屈地性ということだが、クレーの場合はどうもそれではない。クレーに大地そのものが感じられないのは、彼に太陽が感じられないのと、意味が同じなのである。もちろん太陽を画面にのぼらせた絵もあるし、植物的人間として、クレーは大地に繁茂する草むらや木をスケッチしてはいるのだが、そこに自然の息吹があるかどうかということになると、それはなかったのではないかという気がしてくるのだ。

クレーの絵を特徴づけているリアリティは、月あるいは星である。ドイツ語辞書が登録している単語にルナティスムスというのがあり、「月明夢遊症」と訳語が添えてある。この言葉がクレーにあてはまるかどうか――クレーを病者に仕立ててしまうことには、私は内心の抵抗を感ずる。

一九一四年四月、わずか一週間という短い期間だが、クレーはマッケ、モワイエと共に北アフリカ、チュニスに旅行している。そしてそこでサン・ジェルマン庭園、カルタゴ遺跡、カイルアンなどを訪れたが、このときの体験がクレーのうちにまだ微睡んでいた色彩家をゆさぶり起したという意味で、これは見落せない大事な事件だったとされているが、この南のはげしい太陽の熱と光の氾濫のなかで、クレーはやはり「ルナトロピスムス」を経験していたのではなかろうか、と臆測せずにはいられない絵がいくつも見出される。

その年に描かれた水彩作品で、よく見掛ける「サン・ジェルマン庭園」とか「ニーセン山」とか「カイルアンの城門の前で」といった絵がある。これらは快い色と色の諧調から成る絵で、本質的に色彩の和音であり、少くとも色感によって流れてゆく室内楽だといっていいと思うのだが、このクレーの色彩開眼、つまり確実に南方体験、光の体験であったもの、ヘリオトロピスムスの定着であった筈のものさえも、それから五年たった一九一九年にそれがふたたび画面にあらわれたとき、「ルナトロピスムス」に化し、画面には大きく黄色の月が漂いのぼってくるというのは、どう解したらいいのだろうか。

「R荘」と題された一九一九年の油彩がある。中央を大きく、赤い路が斜めにカーヴしながら流れているが、その道に沿って白い壁の建物が童話の家のように立っている。これが緑の大きな頭文字で示されているR荘なのだが、そのR荘をはるかの山並みの上から、まるく黄色い月が照している。ファンタジーにひたされた、いかにもクレーらしい秀作だが、この画自体にはどこにも南国の陽光と関聯するものはない。

しかしこの「R荘」と同じ年に、全く同じ黄色い月を黒い空の上にさしのぼらせた「満月」という一枚があって、これが明らかに北アフリカ体験の結晶だと見られるとすれば、そこにはやはりクレーに憑いたルナの存在を感ぜざるをえないのだ。

ハーバート・リードはこの「満月」について、こんな解説を述べている。

クレエがアフリカのチュニスへ旅して、そこで見た満月の夜の印象から生れた油繪であり、クレエの傑作の一つであろう。(中略)一九一四年のチュニス旅行のときクレエはその土地の感銘について——「メルヒェンの具體化。物質であつて同時に夢であるもの」と書いた。五年後にそのものが記憶によつて養われ純化してこんな畫面となつたのであろう。

復活祭の日曜日の満月を見た晩についてクレエは書いている――

「あの晩が、私の心へ永久に沁み込んでいる。北國で見た幾度かの月の出も、にぶい映像のように私の心に今後とも浮び出てくることだろう。そんな北國の月の姿は、私の花嫁であり、別の私であるだろう。しかし私自身はあの南國の月の出である。」

こんなふうに月の出の記憶がクレエのうちにいくつも重なり合つていた。そしてこの繪ではチュニスの月夜が「彼自身である月の出として」主導音となつて再歸した。(『クレエ　一八七九―一九四〇』片山敏彦訳、昭和二十九年、みすず書房)

全くこのリードの解説は、私の見方を裏付けてくれるものだ。チュニスで月の出を見たのは、彼の実際の経験だったにせよ、その経験がこんな濃密な時間をたたえた画面を成り立たせた以上は、リードの言うようにクレー自身が月に憑かれ、すでに月になっていたということにちがいない。クレーといくらも年の違わないアルノルト・シェーンベルク(一八七四年生)に、一九一二年に作られた「ピエロ・リュネール」というデクラマシオンの一曲があるが、クレーは少くともピエロではなかった。ピエロにはなれない人間、どこか内部に真面目な核があって決してそれが崩壊しなかった人間、それをクレーに感じることができる。

崩壊してしまうことができれば、この現代という時代での生はむしろ生き易いのかもしれない。石ころのように、がらくたのように。あるいはお望みなら記念碑のようにそこらにデンとして存在していればそれで事は済む。だがクレーは自分が崩壊することは信じなかったから、月というもっとも柔軟な球体にでもなるほかはなかったのだろう。いや、球体にならずにはいられなかったのだろう。

球形の天体、それがクレーだ。すると太陽はどういうことになるのか。彼の画には太陽だって屢々(しばしば)さし昇ってくるではないか。たとえば「都会の本からの一枚」(一九二八年)という画がある。線描という手法で街の無限の連なりが俯瞰されるようにえがかれているのは、どこかシンフォニーの総譜を見ているようであり、つまりこれもまたクレーの「音楽」であろうという想いが湧いてくるのだが、この街区あるいは音楽を照している褐色の中空の球体は、いかにも太陽をあらわしたものにはちがいないとしても、この球体の位置、その感触からすれば、これはあのルナと同じ球体の一つといった方が良いくらいのものではないか。

ここでもう一つ踏みこんでこじつければ、クレーは太陽をさえも月にしてしまう内なる眼をもっていたのではなかろうか。いやそれを月と呼ぶのはさし控えてもよい、とにかくあらゆる種類の柔軟な、生きた線形が少しずつ伸びだし、それらがつらなったり、断ち切れたり、重なったり、裏返しになったりしながらいつしか纏まってゆくとき、そこにその名付けようのない球形が浮びだす、というのがクレーのひそかな消息を伝えるものであろう。しかも、この球体は、さきのリードが引用していたクレー自身の言葉にあったように、実は別のクレーであり、クレー自身になりつつあるクレーにほかならないのだ。

クレーの画のなかにあって、いつも彼がこちらを見ているという思いをさそわれる「顔」というものに、私はルナの方から接近してゆく。クレーがまだ何かを信じうる人間だったということは、彼が単なる眼球の剝き出しに達することなく、いつも顔の中から、顔の中に位置づけられた眼でもって見ていたことを証明する彼の作品から明らかなことだ。おそらくそこにクレーという画家の精神に固有な生命力が宿っている。彼は眼でものを見るのでなく、顔で見ていた。そしてその顔はあの特徴的な球形の天体として映し出されていた。最晩年、クレーは不治の病のなかで制作をつづけていったが、そのときも尚、あのまよい顔はそんなに歪んだ表情も泛べずにこちらを見ているような気がする。たいていの画集で見掛けることができる「まじめな顔つき」とか「死と火」とか、最後の作と称される「無題・静物」とか、みなそれではなかろうか。

白い月、黄色い月、闌けた月、満ちたる月――それはいかにも移ろいを示してはいるのだが、移ろいというものは在るといっているクレーの静謐な声音は、耳をすませばはっきりと聞えてくるようではないか。

# マラルメの遺品

ある展覧会場に陳列された絵画を見てまわっていたとき、思いもよらないものに出会ったことがある。あいにく、細部の記憶はすっかり朧ろになっているが、不意討ちをくらった感じだけははっきりと覚えている。仕切りのガラスの向うに大事そうに置かれていたのは、一枚の画ではなかった。そこは、マラルメの遺品のいくつかを展示したコーナーなのだった。たしか小型の机、抽斗(ひきだし)のようなものがあり、ノートか本がその上に乗っていたような気がする。一番よく覚えているのは、浮世絵版画が二枚ぐらいその中に見出されたことである。マラルメの所有品の中には、あの十九世紀末葉のころ、夥しく日本から流出していった浮世絵の幾枚かも含まれていたのだ。その実物を不意に眼の前にして、軽いショックを受けてしまった。ゴッホにしても浮世絵に多大の興味を寄せ、模写していたことは昔から知っていた。それでも、マラルメと浮世絵という結合は、私の内部の何かをくつがえすに足るものだった。

その画は春信、清長といった盛期のものではなかったし、明治の作でもなく、幕末期の粗悪なもの、よく言って頽唐的な安物であった。展覧会の図録を買わなかったので確認できないが、私の印象では五渡亭国貞かその弟子、またはその派に近いものだった。

サンボリスムの絶巓(ぜってん)に立った絶対者というふうに、私はマラルメのことを思いつづけてきた。一種の畏れからほとんど近づいたことはなかったので、作品のほか、その生涯の諸事実について何の知識ももっていなかった。マラルメ神話を少しも疑ってはいなかったといってもよい。もしマラルメの人とその周辺の事実を少しでも知っていれば、所持品の中の浮世絵にも別に驚くこともなかったにちがいない。しかしそのとき受けたショックは、もはや消えない。それは私にとって一つのマラルメ経験になってしまった。

ちなみにその展覧会は日本美術が西欧に及ぼした影響をテーマとするものだったと思う。広重の横三枚続きの著名な作品「阿波鳴門之風景」が出ていると知って、会期終了間際に行ったのだが、今ではマラルメを見にいったのだと思えなくもない。後日、古本屋でその展覧会の図録を見かけたが、開けて見もせず、買わなかった。惜しいことをしたという気持と、これでいいのだという気持が半ばしている。

その後、マラルメと親しかったマネも浮世絵にずいぶん関心が強かったということを知った。マラルメがポーの『大鴉』を豪華版の詩画集として刊行することを企てたとき、マネはその挿画を依頼されている。マネは浮世絵のスタイルでそれを描いた。浮世絵というより、墨絵ふうの作品というものかもしれないが、その六枚の画の中には詩人マラルメの姿も描きあらわされている。敢えていえば、マラルメも浮世絵中の人物になったということだろうか。

何にせよ、マラルメに触れるとき、私はいつも神話の中から降りてくるマラルメを見かける仕儀となる。『最新流行』という女性モード雑誌を一八七四年にマラルメがほとんど独力で出したというのも、不思議なことだった。不思議なのは二つの点で、収入を得る手段として、『最新流行』を思いついたマラルメのファッションに関する下地あるいは「教養」が何だったのか見当がつかないということがまずある。次に、マラルメがいくつもの変名匿名を用いて記事を沢山書いたとすると、これは素白の不毛とは対照的な一面を示しているのではないか、ということが考えられる。マラルメ自身はどんなダンディだったのだろうか。

英語教師として『英単語』といった本を彼はつくっていた。前に長谷川四郎訳『マラルメ先生のマザー・グース』という本が出たことがあるが、これもそういう教材である。マラルメとイギリスないしは英語という結合は、その基底にポーへの傾倒を置けば神話の一局面となるが、ポーを除いて考えると、やはり不思議でなくもない。それはマラルメ夫人が七つも年上のドイツ女だったのと同じように思われる。無視すれば、何ごとでもないような事実ではあるが、マラルメ神話から神話をマイナスすると別の何かに変貌する。私にとってマラルメとは、自ら神話を剝奪しながら出現する詩人である。

ワーグナーとの関係にしても、そうだったのではないだろうか。私がいま言いたいのは結局この一事に帰着する。断定的なことはとうてい言えないので、そういう想像を胸中にもっているということを書きとめるだけであるが。ワーグナーは十九世紀後半のヨーロッパを風靡した。その痕跡はいたる所から見つけ出せよう。ボードレールの長いワーグナー論は一八六一年のものであり、マラルメのワーグナー論が『ワーグナー評論』に発表されたのは一八八五年である。種々の毀誉褒貶にさらされながら、ワーグナーは結局ライン川を越えてフランスの芸術精神の中に喰い込んだ。その意味ではワーグナーは時代の風潮であり、共通感覚の網の目に触れて人の心をゆさぶったということであろう。オリエントからやってきた風俗画が時代の最新流行の一端を形成したのと、ワーグナー熱とはその点で共通しているともいえる。そうであるとすると、浮世絵がマラルメ神話を剝いだように、ワーグナー熱もマラルメを非神話化する要素であったとはいえないだろうか。フランスの隣国ドイツに生れ、ゲルマン神話を背負って時代思潮の上層にせり出してきたワーグナーは、同じヨーロッパ人という意味ではオリエント渡来のあれこれとは決定的に異るだろう。しかしそういう一面のほかに、マラルメにとってワーグナーとは途方もなく異質なもの、スキャンダラスなものでも同時にあったのかもしれないという空想が、もう一つ別の側面を形づくるようにも思われる。

マラルメの『リヒャルト・ワーグナー』は難解だが、単なる熱狂を示しているのでないことは明瞭である。

この外国人に対して、私の抱く感情は複雑である。熱狂、尊敬。しかし同時に、ワグナーのしたことはどれも、文芸自身の原理から直接発したのではないのでないかという、心のしこりが残っている。（南條彰宏訳）

さらにその先には「哲学的にいえば、そこではただ、音楽が演劇の横に並べて置かれたというにすぎない」、あるいは「今世紀は、そして今世紀の華であるわが国は、自分の解釈にしたがって「神話」を勝手に解体したり再生したりしているというのか。そんなことは構わない。現に「演劇」がその「神話」を求めている。ただし、長年固定した、悪名高い「神話」ではなく、特定の個人からは縁を切って、われわれのさまざまな人格をすべて話に仕組むことができるようなものでなければならない」といった文章が見出される。

マラルメはここから、独白的な神話は拒否しようとしていたというふうに読めるのだが、何か普遍的な神話、「人格」を通過したその先にある神話を思いうかべていたのではないかという想像も、それとほとんど同時にやって来よう。マラルメをよりよく知るとは、マラルメ神話を打ち消すことにほかならないにもかかわらず、そのあとは無なのでも現実なのでもなくて、再び新たな凝集点にむかって風が吹きはじめる場所に出て立つことのようだ。マラルメの遺品は私に言いようのない思いをさせた。だが本当の遺品は彼の詩であったというなら、私は詩を通じて又してもマラルメ神話をめざすしかないのかもしれない。

# パウラの絵の前で

先日、東京駅八重洲口の大丸ミュージアムで催されていた「北の光　北欧の印象派展」にゆき、一枚の絵の前に立った。若い娘さんたち、教養ある主婦たちで華やかな展覧会ではあったのに、なぜかその絵のあたりだけは閑散としていた。ずいぶん長いあいだその一枚の前に佇んでいたにもかかわらず、誰かがそばを通り過ぎてゆく気配を感じなかった。縦長の地味なその絵は、パウラ・モーダーゾーン＝ベッカーが一九〇〇年に描いた「農家の前の白樺」である。

北ドイツの芸術家コロニー、ヴォルプスヴェーデが、女流画家パウラの手によって、一隅の景としてひっそりと定着されていた。枝も葉もついていない一本の白樺の幹が、少しかしぎながら画面の中央を上から下まで通っている。根元はちょっと黒ずんで見える。それが前景で、緑の原っぱの向うに白樺の並木が小さく連なり、赤煉瓦造りらしい家に達している。空は白いが薄曇りのようだ。これがリルケの恋人の描いた絵だった。ちょうどこれが制作された頃に、リルケはパウラとヴォルプスヴェーデで出逢っていた筈だ。そう思うと、その前を立ち去りがたい気持ちがした。

特にすぐれた画ではない。同じヴォルプスヴェーデの仲間たち、ハンス・アム・エンデ、フリッツ・マッケンゼン、ハインリヒ・フォーゲラー、そしてパウラの夫だったオットー・モーダーゾーンもそれぞれ一、二点ずつ展示されていたが、それらの中でも「農家の前の白樺」は目立たない。にもかかわらず、私の心の中には「今日はこの絵をこそ見に来たのだ」という気分がどんどんと強くなっていった。実は数日前、新聞の紹介記事で、フォーゲラーが二点出ているのを知り、それがお目あてで出掛けたのだったが……。

リルケの人生は旅とさすらいだった。遥か年長の女性ルー・アンドレアス＝ザロメと親密になり、ルーと共にミュンヒェン、ベルリンと移動した一八九七年頃からそれが顕著である。中でもイタリア旅行、ロシア旅行が有名だが、ヴォルプスヴェーデには一八九八年に訪れたのが最初で、二年後、一九〇〇年の再度の滞在のとき、パウラ、パウラの友人クララ・ヴェストホフの二女性と知り合い、交わりを結んだ。いきさつの細部は知らないが、リルケははじめクララよりもパウラの方に惹かれたらしい。しかしパウラは一九〇一年画家オットー・モーダーゾーンと結婚してしまった。リルケも同じ年クララの方と結婚する。時にリルケ二十六歳で、このあたりの時期がリルケには最も充実した青春であったにちがいない。だが、それもたちまちに過ぎ去り、終るのである。パウラはその後パリにしばしば滞在し、ロダンにも会っているらしいが、一九〇七年娘を産んだ直後に死んだ。リルケの「ある女友達のために」と添え書きされている長篇の「鎮魂歌」は、パウラの死を悼んだ作品で、一九〇八年の十月から十一月にかけて書かれたとされている。

私はかつて「鎮魂歌」を翻訳した。昭和三十三年か三十四年だった。手塚富雄先生が私の恩師で、当時筑摩書房が刊行中だった全百巻の『世界文学大系』のうち、『リルケ』一巻を編集されたのだったが、その中で「鎮魂歌」を私に割り当てて下さったのである。先生を回想する人なら誰もが言う〝厳しい師〟の印象では私も人後に落ちないから、その訳が先生の眼にどう映ったか、自信はほとんどないというのに近い。懸命にやったという気分を思い出すことができるだけである。

卒業論文にはリルケを取上げ、リルケ研究家になりたいという夢をいだいたこともあったが、結局リルケの研究もできず、翻訳もいくらもできなかった。詩では「鎮魂歌」の他には、彌生書房版の『リルケ全集』で「マリアの生涯」を訳し、手塚先生編の河出新書版の薄い一冊に、後期詩篇のいくつか、「夜に寄せる詩」などを掲載したに止まった。しかし今ふりかえって「鎮魂歌」は取組んでおいてよかったと感ずるのである。なぜだろう。実は「鎮魂歌」には二作あって、もう一つは「カルクロイト伯爵のために」だが、こちらは私は訳していない。パウラへのレクイエムは、リルケの全作品中とくにパセティックでヒューマンな雰囲気をはなっている気がするが、それが私につよく愬(うった)えたのだった。

リルケの初期の紹介者の一人堀辰雄にも「鎮魂歌」の痕跡は顕著だった。高原の療養所で婚約者を喪うという経験をもとにして書かれた『風立ちぬ』の終章「死のかげの谷」は、雪に埋もれた高原で自分の心を見つめる主人公の日記の体裁をとっているが、その中で主人公の内面に染み透ってゆくのがリルケの「鎮魂歌」なのである。リルケにとってのパウラは、『風立ちぬ』の「私」にとっての「節子」だった。私自身は、リルケの方を堀辰雄よりも先に知ったという時間の前後関係があったけれども、現在からみるなら、独文科の学生としてリルケをやってみようという方針を立てた小さくない一因が堀辰雄にあったことはどうも確かなようだ。
結局は堀辰雄訳ということになるわけだが、「死のかげの谷」には「鎮魂歌」冒頭が次のように訳されている。

私は死者達を持つてゐる、そして彼等を立ち去るが儘にさせてあるが、
彼等が噂とは似つかず、非常に確信的で、
死んでゐる事にもすぐ慣れ、頗る快活であるらしいのに
驚いてゐる位だ。只お前——お前だけは帰つて来た。

いささか持ち出すのは躊躇されるが、その同じ個所を私はこんな風に訳した。

私は死者たちを知っている。彼らが逝(ゆ)くのを送った私は
彼らのまことの安息を見て驚かされる。
それはかくも速かに死の存在に定住し　かくもあやまたず
世の噂とは異なる姿だ。だが　あなたは帰って来た。

リルケの「鎮魂歌」はこの世を去ったパウラを〝帰ってきた死者〟と呼んでいるが、そんなと

ころにリルケ的存在論の原イメージがあったのかもしれない。死との交わりにおいてリルケは特異な勁さをもっていた。不気味といえるほどに勁かった。堀辰雄がリルケから学んだのはそれではなかったかと感ずる。

「北の光　北欧の印象派展」で見たパウラの「農家の前の白樺」は、そばに寄ってつくづくと眺めると、制作から九十年もたったせいだろう、地の厚紙が少々波打っていた。縁の部分も、右上のあたりなど、ちょっと欠けたのか、ぎざぎざになっていた。しかしそんなことは何でもなかった。枝も葉もない一本の幹だけの白樺は、何だかリルケがかつて愛した娘パウラその人のような気さえした。リルケの眼もかつてこのようにパウラを見、ヴォルプスヴェーデの白樺を見たのだろう、そんな気持ちに私はしばしば涵(ひた)っていた。

# ゲルマンの方へ

「我田引水」という諺がある。「蟹は甲羅に似せて穴を掘る」ともいう。この二つ、全く同じ意味内容ではないが、プルーストについて一文をものしなければならない今の私は、この二つの言葉を先送りしなければ、たぶん何も出来ないような気分になっている。「こんなことでいいのだろうか」と呟く。ひとに聞えないように呟いた積りだが、もう聞かれてしまっているのだろう。又しても、修羅場の感じになってきた。

はじめに言ってしまえば、私は『失われた時を求めて』を通読していない。昭和二十八年から数年かけて新潮社から刊行された、瀟洒なフランス装の十三冊本は揃えていた。前の方の数冊はつまみ食いした。だが、それだけに終った。しかし近年、ちくま文庫で出た井上究一郎氏訳全十冊も揃っているのである。通読したい大作の随一といっていいのだが、幸か不幸か『源氏物語』の通読を始めてしまったため、当分プルーストの番はまわって来そうにない。今、私の浅い理解の範囲内で、我流の感想を一つ二つ記すほかはなさそうである。

『失われた時を求めて』以外、プルーストが思いのほか多量の文章を残したのを、どう理解するか。作品的ニュアンスが明確に感じとれる『楽しみと日々』『ジャン・サントゥイユ』のほかに、ラスキン論考があり、文芸評論、美術論や音楽論、書評などがあるが、それらを集成している本『プルースト全集』の第十五巻は、気楽に読んでゆけるような印象ではない。プルーストの豊饒で淀みのない言語能力が、どの頁にもぎっしりと詰っている感じが真っ先に襲ってきて、門外漢を尻ごみさせる。プルースト専門家でも、これは厄介な思いをするのではないか。

私はその中からレンブラント、ワットー、モロー、モネを論じた美術論、サン・サーンスその他を語った音楽論、ゲーテ、セナンクール、トルストイなどの作家論断章を読んでみた。その中で、長さも充分にあり、結構も堂々としているのが美術論で、すぐには頭の中に入って来ない個所もあるが、本格的な論述になっている。言い換えると、原文の各段落がたいそう長く、どこも活字がいっぱいひしめいているこの感じは、「評論家」プルーストの特性を何か暗示しているような気がした。隙間のない、跡切れのない論法なのだ。

これに対して、作家論断章は文字通り簡潔である。活字は詰ってはいても、見通しはいい。『ゲーテについて』を面白いと思ったのは、最初に記した「我田引水」のせいだが、たとえばこんな個所がある。

ゲーテの著作は、その生活を再構成してみせることはできないけれども、自己自身のために書かれた日記と同じように、彼が悦に入っている思念の強い刻印を表わすことはできるのだ。というのも、われわれが自己自身のために、真の自己自身のために書くのは、日記ではなくて著作だからである。

作品(著作)への頑強な意識、それがゲーテにはあったのだということの文章を肯定しているうちに、プルースト自身そうであったのだ、とすぐ理解できよう。あるいは、次の個所。

諸技芸、それらに熟達するための諸手段が、ゲーテの小説の多大の関心事となっている。俳優の技芸、建築家の技芸、音楽家の技芸、教育者の技芸、要するにほんとうに技芸であるものが、彼の小説で大きな役割を演じている。

これをプルースト自身について当てはめてみると、技芸への一貫した、かつ透徹した認識が、プルーストのきわめて緻密な文体と言語の起因ではなかったか、という具合に論を折り返すことができる。技芸とは言語である。もしくは文体である。ゲーテを語りつつ実はプルーストが自らを暗示にかけている気味を感ずる。これが「批評家」プルーストの独自性であり、それあるが故に批評家は小説家となっていったのかもしれない。

私は、プルーストには評論でも小説でも、圧倒的なものとして密度があると言いたいわけだが、これについて四十年前の新潮社版『失われた時を求めて』をひっくりかえしていて、幾つか興味ふかい月報の文章に出会った。たとえば大岡昇平の「思い出」という一文である。大岡昇平は昭和三年(一九二八)、河上徹太郎からプルーストの名前を教えられたという。実状は河上徹太郎と新婚の夫人、成城高校生の大岡昇平の三人でプルースト輪講を数回やったというのだ。たしかにこれはプルーストむきの小サロンの感じである。大岡昇平はいかにも彼らしいアイロニカルな観察をまじえて、こう書いている。

河上夫妻との輪講は、プルーストが案外むずかしくないのを発見し、二三度でやめてしまった。これは無論我々の錯覚に基いているのだが、好意をもって解釈すれば、河上も僕も元来ドイツ語の出だから、プルーストのゲルマニックな発想と構文が、理解し易かったせいもあったということも出来ようか。プルーストの一見くどい散文の底には、正確を目指す意志があって、我々に理解しようという意志があれば、意味は通じるように出来ているのである。

これは「本当かな」という気も少しはするが、なかなか面白い見方になっている。河上徹太郎は旧制一高では文甲(語学は英独)だった。大岡昇平も成城で阿部六郎からドイツ語を習っている。教室での語学がそのまま思考や感性形成に繋ってゆくのかどうか、必ずしも断定できないが、私は少くとも河上、大岡二人の精神については、それは言えると考えている。(一高でフランス語をやった小林秀雄にさえも、「ゲルマニック」の痕跡はあったといえよう。近代日本へのゲルマンの影響力はやはり大きい。)

ここから大岡昇平の考察に基づいて、ゲルマンの特徴を抽出してみると、それは、くどさを怖れずに正確さを目指すといったものになるだろう。言語は正確に存在を指示し、過程と状態とを正確に記述しなければならないものである——こうした言語観を前提として、近世、ドイツ語による人文科学、自然科学の発達が導かれた。「くどさ」は、ドイツ人自身によって「ドイツ的徹底性」と称されたりしてきたものに他ならない。「くどさ」は恥ではない、という感性へもこれは達する。

プルーストの文章が直ちにそれだとは、河上、大岡も考えなかったろうし、私とて同様である。でもフランス的言語観においては「くどさ」より「迅速さ」、「正確」より「明晰」が絶対的に優位を占めていた中で、もしかするとプルースト一人とは言わず、ある人数の文学者、思索者たちが、ひそかに「くどさ」と「正確」を自家薬籠中のものとして、「迅速さ」「明晰」と融合させ、傑出したフランス語の華を開いたということはあったのかもしれない、とは思う。

日本の小説家ではプルースト読みの先駆が堀辰雄だった。『堀辰雄全集』のエッセイの部で、「プルースト雑記」と「リルケ雑記」が並立していたことがここで思い浮ぶ。小林秀雄も、プルーストへの言及の回数は意外にも五、六回に及んでいたと憶えている。

# はてしなき躓きの中から

さっきまで、ゴールドベルク変奏曲を聴いていた。グレン・グールドが一九八一年に録音した二度目のものである。一九五五年に演奏録音されたものよりも十分以上も余計に時間がかかる。不思議な、形容詞がなかなか見つからないゴールドベルクである。けっして嫌ではない。それどころか、「すごいことをやるなあ」と思っているのだが、ちゃんとした言葉に纏まってゆかないのである。特に冒頭と結尾のアリアのテンポと表情には驚かされる。何だろう、これは。類を絶しているが、名演とか深みがあるとかいうのとも歴然と違う感じだ。

バッハはこう演奏するものだ、ハイドンはこうしなければならないといった考えは持たないようにしたいと自戒しているが、それでも時々、これはバッハであってバッハではない、これはハイドンとは違う、といった第一印象に捉えられてしまうこともある。私は第一印象に頑強に拘泥するというひとの態度を好まず、自分でもその点自戒しているつもりなので、たいていの場合そうした印象はしだいに変化してゆくのだが、グールドのゴールドベルクは、何か蒸溜水のような不思議に透明な味わいがあって、第一印象の変更・訂正が物理的・化学的に不可能かもしれない――こういったかすかにひやりとする恐れが伴うことが避けられない。

あえていえばそれは、バッハであってバッハでなく、バッハであってグレン・グールドなのである。あの五十有余分のえんえんたる透明な音の連なりは、限りなくバッハに近づいてゆくかに思えて、限りなくグレン・グールドと化している。バッハの上に積り積った伝統、歴史、文化はどこかに消去されてゆき、カナダという北の空間そのものが巨大なレトルトとなり、そのレトルトの中ではグールドの指がはじき出した音の粒子の一つ一つが沸騰し、奔流している。無機質の、映像化された音の変幻としてのゴールドベルクだ。私の耳が聴きとることができるのは、せいぜいそれぐらいまでである。

誰であったか、思い出を語っていた中で、ミネラル・ウォーターばかりをグレン・グールドは飲んでいたとあった。酒などは無縁であったとみえる。食事も一日に一回で、それ以外にはクラッカーの箱を持って歩いて食べていたとのこと。彼の死は一九八二年十月四日だが、ファンの間ではこの日を「鉱水忌」と定め、ミネラル・ウォーターを飲むことになっているという記事も見たことがある。グールドのバッハはある意味で見事に端正でもあって、彼の全レパートリーの中でも第一位にあげられるものと思うが、私にはどうもそこにミネラル質があまり感じられない。前に言ったように、より蒸溜されてしまっている。その中にたぶん無色無味無臭と化したミネラルが含有されてはいるのだろう。ゴールドベルクのはじめと終りから、無機的というのでもない抽象的というのでもない、それでいて無重力空間を限りなく緩やかに歩もうとする清潔な関係の気配でもない、どこか鳥の歩みのようなものを感じた——いまやっと私はこんな比喩だかなんだかに辿りついたところである。

しかし曲のあいだからふわりと浮き上るような具合に、頻繁にきこえてくるグレン・グールドの唸り声には、それとは別の次元で驚かされる。むしろ脅かされると言った方が正確である。ＬＰ、ＣＤだからくりかえして聴くわけで、この辺で彼の唸り声が強くなってきてうるさいぞと、無意識的にもせよ私の記憶への刷り込みは済んでいる筈なのだが、やっぱり何度でも脅かされてしまう。あの唸り声は歯の治療のように嫌なものである。そうではあるのだが、それでグレン・グールドを斥けてしまえないものはある。もう聴かぬと、彼のＣＤを一番奥に押し込んでしまえないのだ。

唸り声というのは演奏家は我れ知らず発してしまうのだろうか。意識して抑制すれば発しないで済むものだろうか。パブロ・カザルスの唸り声も、朗々たるチェロのあいだから太々と響いてきこえてきたし、ルドルフ・ゼルキンの唸り声も記憶にある。ゼルキンの場合、体質的な熱狂性が時々噴出するらしく、それの一部が唸り声となって発散されたのだろうと思っているが、グレン・グールドにも似たような所があったのかもしれない。

私は音楽の演奏というものは、基本的に純粋性と完璧性という理念をどこかに背負ってなされる表現行為というふうに思っている。しかしそうであるだけにどうあっても純粋化しえない剰余、どうしても完璧のレヴェルに及びがたいままその下の方で渦を巻きながらあげられる飛沫といったものが生ずるのは已むを得ないということも、同時に認めている。この剰余だの飛沫だのと言いあらわしたものは、演奏の周辺からなるべく拭い去られ、除去された方がいいのではあろうが、ある程度それの名残りが露われても仕方がないのかもしれない。許容度の問題である。私はグールドの唸り声が気味がわるいのだが、どうやら我慢はできる。グールドその人が心気症病みで、ステージ演奏を嫌がり、ついにスタジオ録音に繭籠りしてしまったが、彼もずいぶん居心地の悪さを方々で我慢してやっていたのだな、と思う。

　最初に聴いたグレン・グールドはどのＬＰだったのかと記憶を引っ掻きまわしてみた。バッハの二声と三声のインヴェンションだったことは確かなような気がする。二十年以上前のことで、その後バッハ・アルバムに七、八枚入っていたのを買った。平均律、フランス組曲、パルティータ、フーガの技法などである。ゴールドベルク(第一回の録音)は何故かその中には入っていなかったから、別の形で聴いたのだろう。これらにバッハのピアノ協奏曲の数曲を加えれば、彼のバッハの主要なものは尽くされる。抽象的な軽さ、移り足の軽快さには聴き惚れたと思うし、全体として、非グールド的形容だけれども、古典的な気配さえ漂っていた。いかなる歴史や伝統とも直接に結び目で結ばれることなしになお古典的でありえた一例として、グールドのバッハをあげてもいいのだろう。

　それにくらべたとき、モーツァルトはやはり奇妙だった。この第一印象はくりかえし聴くうちに、耳の馴化作用のせいで若干修正されはしたのだが、本当に久しぶりで今度取り出して聴いてみると、依然としてまだ奇妙だった。修正主義者の私にも手のつけられない何かが混入していたらしい。一口でいうと、それはたえず躓(つまず)きながら、しかし決して転倒などせず、限りなくトトトト……と前進をくりかえしてゆくモーツァルトであった。別の連想で、私は彼のモーツァルトからチャップリンの歩き方を思いうかべる。妙にこわばった体つき、姿勢なのだが、それでもチャップリンは何かに吸い寄せられたかのように、または飛ぶように素早く前へ前へと進んでゆく。例の歩き方だなと思っても、そこから眼を離すことができない。この感じがグールドのモーツァルトにもあった。

それは、ころびそうでころばないモーツァルトであった。さいころがどこまでも、ころりくるりと回転して止まらないようでもあった。グールドはこういう印象を聴き手に与えることをたぶん知っていたのだろうが、ではそれで何を表現しようとしたのだろうか、その点が理解を超えていた。断っておけば、それは不快ではなかった。いささか呆れながら、面白くもあった。機械じかけの、ロボットのモーツァルトといったらこんなものか、などと思った。グールドはモーツァルトを批評してみたつもりであったかもしれない。

どうやら確かなのは、グールドはモーツァルトを再現しようとしているのではないということだった。再現芸術そのものである音楽の演奏を通じて、グレン・グールドは再現行為を否定していたかのような気もする。そうだったのではないかと思いめぐらしているうちに、だんだんと確信が高まってくる。きっとそうであったのだ、という気分になってくる。

演奏家、舞台俳優などは再現芸術家に属している。芸術家という言葉とはあまり適合しないが、落語家なども再現者である。音楽であればまず作曲家がいて、作曲家の作った作品があり、それを演奏家が取上げて演奏する。戯曲家と俳優の場合も同様である。グールドは再現者の位置に身を置いたのだが、彼の再現するものはあまり再現らしくなかったのである。バッハなど、端正に、みごとなテクニックで表現されていても、実はあれはバッハの再現という感じが少なかった。それを極端に拡大してみせた——聴かせた——のがグールドのモーツァルトであったのではないかと考える。グールドのモーツァルトはモーツァルトではなく、グールド自身を再現していたからである。

おそらくここに、意識してか否かは問わず、グールドがあの奇人的な人生を通じて、スタジオという閉鎖空間の中から世界に向けて送り出しつづけたメッセージがあった。再現すべきものは何もないのだ、と。その理由は問われても答えられない、答えようがない。グールドは彼の天賦と習得した技術との相乗の中で、再現行為に従事しながら再現を否定していた。そう考えるならば、あらゆる歴史や伝統の拘束から能うかぎり自由であったようなこの人物も、不思議なことに近代芸術および近代芸術家の条件にかたく結びついて存在していたらしいという想像が少しずつ大きくなってくる。この想像が私に近づいてくるのを、もはや阻止することなどはできそうにもない。

# 宇宙空間への序奏

耳から入ってくるだけでは終らず、眼からも手からも入ってくる。これが音楽だ。言葉を通じて、言葉を媒介としてはじめて「分った」と思う経験もする。井上太郎氏の『モーツァルトのいる部屋』（新潮社）を読んだとき、私はK三七九、ト長調のヴァイオリン・ソナタの桁はずれの大きさと深さを教えられ、心の中で「あっ」と叫んだのだった。「今まで、俺はいったい何を聴いていたんだ」と思った。

四十数年も前、神田の焼け残りの中古レコード店でシモン・ゴールドベルクとリリ・クラウスによるコロムビア盤をずいぶん買った。雑音だらけのSPをそれこそ溝が削れてしまうまで愛聴した。この名コンビはきっとモーツァルトのヴァイオリン・ソナタは全て録音していたのだろう。しかし私が入手できたのはK二九六、三〇四、三七八、四八一の四曲だけ。これらは数えきれないほどくりかえし聴いたが、あいにく三七九はそのとき入手できなかった。三七九をよく聴くようになったのはずっと遅く、たぶんLP盤のグリュミオーでだった。でも私はそのときグリュミオーを聴いてしまったのかも知れない。モーツァルトは聴きそこなったのかも知れない。

井上さんはK三七九についてこう書いている。

第一楽章のアレグロはト短調で、その前にト長調のアダージョがついている。ピアノのアルペジオで始まるこのアダージョの気品のあるたたずまいは、一度聴いたら忘れられないだろう。アダージョがあまりにすばらしいので、主部のアレグロがかすんでしまうほどだ。

本当にそうであった。このアダージョはモーツァルトが深々と煌(かがや)く白銀の響きでもって、大弓を引き絞ってゆくかのように築きあげた音楽的宇宙空間の穹窿(きゅうりゅう)を思わせる。冒頭、ピアノのアルペジオが鳴ると、たちまち私の胸は拡がり、背筋は後ろに弓なりに反りかえって、思わずまなざしは天空に向う。たとえその時まなざしが捉えたものが、私の書斎の壁にすぎなくても、どこかの音楽会場の天井から吊り下げられたシャンデリアであっても、そんなものの彼方に存在するものが感じられてくる。見えない彼方が喚起される。モーツァルトに名曲多しといえども、K三七九の序奏のような音楽はめったに聴けるものではない。

井上さんの文章で私はそのことに覚醒できたのだった。こういう経験は大事だ。大事にしたい。誰でも、音楽を愛する人なら、他人には言えないような大事な経験をし、大事な曲をもっている。それが音楽特有のアンチームな、内面的な美しさというものなのだが、それだけでなくこの内面性をさえもはるかなものへと解き放つ力もまた音楽のものだ。音楽はすばらしいと思うのはそういう時である。

# 秘められたサイン

シューベルトなんて、お好みのままに、ただ聞いていればそれでいいのだよ——こんな声がどこかから聞こえてきそうな気がする。わざわざシューベルトについて、ああだこうだと語り合うだの、ましてや大真面目にシューベルト論を繰りひろげるだの、これはいったいどういうつもりか——どこからともなく、空耳らしくもあるそんな声を意識してしまう。でも、それを気に病む必要はないと思う。シューベルトぐらい、爽やかな気分で語れる音楽家はいない。ただこう付け加えて言うことは必要だろう、本当に爽やかにシューベルトを語るのはかなり難しいのではあるが、と。

音楽界にも時世粧(じせいそう)というのか、もろもろの流行現象が顕著である。というよりも、本来音というものは消え去る性質を有するのだから、音楽にかかわる言説は、他のジャンルの言説以上に時の流行に左右されやすい。そこで今日、もっとも眼につく流行現象は何かといえば、演奏論の大繁昌にまず指を屈することになるだろう。どうも人々は音楽そのものを語らず、作曲家を語らずに、演奏と演奏家を好んで云々する傾向が、今日目立っている。バッハを語るよりは、カール・リヒターやグスタフ・レオンハルトを語り、ショパンよりもアシュケナージ、ポリーニ、フランソワ等々を話題にするわけである。

この傾向の原因は推測できなくはない。現代、コンサート、FM放送の普及はかなりのものだが、それと桁違いに激しかったのがLP、CDの普及で、これが、たぶん演奏論をかくもはびこらせてしまったのだと思う。これら数種の媒体の氾濫の中で、今日人々はたいていの曲はすでに聞いたことがあるといった状態になってしまったのである。SPレコードの時代、中波放送だけだった時代とは大違いである。しかしこうなってしまった結果、まだ知らない曲への欲求、関心はどんどんと薄れていった。そしてそれに代わって、何度も聞いた曲の演奏の差異を、こと細かにあげつらうようになってしまった。これが二十世紀の世紀末的な音楽状況というものである。

シューベルトにしてもこの時流から免れてはいないだろう。すべて存在するものは歴史に逆らうことなどできるものではないからである。しかし流行だの時世粧だのに涵され染まる度合には、存在一つ一つについて違いのあることを認めなければならない。私の言いたいのは、シューベルトはこの演奏論の横行という潮流によって汚染されることのもっとも少ない音楽家として、いや芸術家として、類がないのではないか、ということに他ならない。

これは自分ひとりの感覚なのかとも思うが、少なくとも私には、シューベルトのピアノ曲は、もう聞き飽きた、当分は聞きたくないと感じたことがないのである。かなり頻繁にCDやテープで鳴らしているはずの即興曲集や遺作のピアノ・ソナタ変ロ長調でもそうなのである。何かシューベルトのピアノ曲には、「近代」についてのわれわれの観念からは自由であるという雰囲気があるのだ。

現代人が「ヨーロッパ」とか「近代」とかいう観念に刺激されたはてに、いつしか形成してしまったらしい聴覚の類型化が存在していないかのようなのだ。いつ聞いても、それは無限に新しく、清潔である。「あ、これは聞いたことがある」――既視感にあわせて、それを既聴感と仮に言い表してみると、シューベルトにはこの既聴感を誘発するものが存在しないのである。繰り返し聞いている曲でさえもそうなのだ。なぜだろう。

シューベルトには画期的なことをやってのけたというところはまるでなかった。ワーグナーやシェーンベルクのような革新者ではまったくなかった。それでいながら、他の誰からも聞くことのできない驚きをシューベルトから受けとることができる。私はそうなのだ。驚きによって、私の心はひそかに顫動(せんどう)する。それはハイドンにもモーツァルトにもベートーヴェンにもない何かだとしか言えない。

もう七十年も前、若かりし日の河上徹太郎は音楽評論をいくつか書いたが、その中にシューベルトの絶対的な新しさを暗示的に述べた個所があった。聞き分ける耳のある人物はたしかにいたのである。繊細微妙なその問題を、せめてその一端でも言ってみれば、シューベルトの転調の独自性ということになる。ハイドン、モーツァルト、ベートーヴェンは効果のために転調する。もしくは世界の構造がそうなっているのだという信念に基づいて転調する。シューベルトはそこが違っているのだ。

遺作の三つのソナタでもいい、「幻想」と呼ばれているD八九四でも、「レリーク」などといささかわけの分からない名称になっているD八四〇でもいい。特にそれらの第一、第二楽章では、長調なのに長調ではないような、短調なのに短調でもないような不思議なひびきが聞こえてくる。もちろんそれは無調とか十二音とかではまったくない。シューベルト的なへ長調であったりイ短調であったりするだけだ。それでいながら一面の木の葉が風によって音もなく裏返り、また元に戻るような、曰く言い難い明滅の感が湧いてくる。それはまるで存在が存在する以前に、限りなく変転しつづけている感じとでもいったらいいのだろうか。そこに、ヨーロッパ近代の音楽史の中で、シューベルトだけが送ってくるサインがあるのだ。私はシューベルトをそんなふうに受けとめている。

# 音楽のゆくえ

ウィーン・フィルの毎年恒例の行事に新年演奏会があり、NHKテレビでも同時中継されている。慣れっこになって、見たり見なかったりだが、今年の元日の夜には解説者が、今年はちょうど「美しく青きドナウ」の作曲家「ワルツ王」ヨハン・シュトラウスの没後百年に当たると語ったので、なるほどと思った。後で調べたら、全く同姓同名の父親「ワルツの父」の方も没後百五十年であることが分かった。そればかりか、「ばらの騎士」の作曲家リヒャルト・シュトラウスも、これは血縁関係はないのだが、今年が没後五十年なのである。ちょっとした偶然の暗合である。

というよりも、文化の各分野の中で音楽が一番、生誕や没後の記念行事を盛んに意識し実行しているのに気付かされよう。これは何を意味するのだろうか。美術では、たとえば去年がちょうどドラクロワの生誕二百年に当たっていたが、どういう行事があったのか、私の迂闊のせいもあって思い浮かばない。文学では川端康成、石川淳、尾崎一雄が今年生誕百年で、何か動きが出てくるのかもしれない。とにかく音楽が目立っていて、三人のシュトラウスのほかに、何といっても今年はショパンの没後百五十年に注目が集まっている感じがする。

世紀の終わりと次の新しい千年紀の接近によって時間意識が昂進（こうしん）している。時間芸術としての音楽はこの時代と波長が合うのだ。より正確にいえば、時代意識の表層部に来るめぐりあわせとなったのが音楽だということだろう。しかしもう一つの事態も見逃せない。それは二十世紀だけといわず、近代社会における視覚の優位という問題である。

近代は人間を解放したが、それは人間のもつ諸感覚の解放をも意味していた。五官の中で視覚が相対的に上位を占めるのは本来自然だったのに、それが視覚の過剰な優位という局面まで達してしまった。それと今日の美術の隆盛とを単純に結びつけるわけにはいかないだろうが、世紀末の顕著な状況として時間意識の昂進、視覚の優位の二つが残ったように見える。この状況が未解決の問題として、次の世紀に引き渡されてゆく。

音楽の中でも演奏が過度に活況を呈しているのは、やはり時代と無関係ではないだろうと私は見る。演奏には一回性と反復性という両極端の特性があるが、どちらも時間的なものにほかならない。さらに演奏は人から見られるものでもあって、音楽への視覚の関与度はきわめて大きい。そうであることによって、演奏行為は単なる音楽でなく、普通の意味の視覚の対象、美術でもない表現になっている。演奏はどうやら今の時代の本質的な行為であるようだ。

ショパン没後百五十年に寄せて、東京新聞に岡田敦子さんの「ショパン再考」が載ったが、演奏の問題にも触れていて興味深かった。最近のショパン・コンクールの結果からも今日の若いピアニストには、ショパンが難しくなっているのが分かるといって、それを遡ってゆくと演奏家リストと演奏家ショパンの対比に達するという見方を打ち出している。今日のピアノは巨匠的なリストの系統なのだ。ショパンの演奏はそれとは違うものだった。ショパンの弟子はショパンの演奏を「手をいつも横に動かし」たと証言しているという。それは手や腕の上下運動の力ではなく、回転運動による微妙性を表現するものだったと岡田さんは述べている。このショパン的微妙性は古典主義―ロマン主義―現代という時の流れの中で、再び意味を獲得するものではなかろうか。一見個別的な話題のようでいて、現代という時代の中で音楽は何であるのかという包括的な問いにも、どこか通じてゆきそうな気がしたわけである。

# モーツァルトを書くために

本をどうやって読もうと、文句は言われない。明窓浄机、書斎で姿勢正しく読む、畳にごろり横になり自堕落に読む、結構だ。本の内容によって違ってくることではあるが、現代では知的・文化的・趣味的活動の現場における自由は、過大なまでに許されている。

音楽も同じである。モーツァルト、シューマン、何であれ音楽会でゆったり聞くのもよし、LP、CD、ビデオ、DVDなどを装置で聞くのもよい。オーディオ愛好家の中には耳を聾(ろう)するばかりヴォリュームを上げる人もいるが、音を小さく絞ってパーソナルに聞くのを好む向きもある。私は後者のほうだ。

『疾走するモーツァルト』は一九八五年から八六年にかけて書いたが、当時主に聞いていたのは中央公論社刊『モーツァルト大全集』のLPだった。全十巻別巻一巻、LP百数十枚。日本人のモーツァルトへの思いが、海老沢敏氏を中心に組織化された世界初のモーツァルト全集、立派なものである。のちCD時代に小学館版『モーツァルト全集』が出現したが、中公版のLP全集は私にとりかけがえのないものだった。

それ以前からSP、LP、FM放送、テープと、いろんな音源で浴びるほど聞いてはきたが、

「モーツァルトを書こう」と私を踏み切らせたのは、その気持を下支えしたのは中公版の『大全集』だった。

でも「聞く」と「書く」の入り組んだ交代、これは大変である。LPのA面が終ると裏返してB面に針を下ろす、これがとても厄介だった。そこでカセット・テープを買いこみ『大全集』をテープにダビングした。その時間と手間も相当なものだったとはいえ、それからあとの操作はLPよりも格段に楽だった。気軽にくりかえしができるからだ。私的使用だから、法的に許容範囲内である。この『モーツァルト大全集』のことは、今まで一度も書いてこなかったので、感謝の思いをこめて、また記念としてここに書きとめておこう。

以上でお分りのように、私はこの曲なら絶対この奏者、この録音でといった演奏神格化の立場はとらない。好みの奏者はいるのだが。『疾走するモーツァルト』で、「聞くモーツァルト」から「書くモーツァルト」へと向いつつあったころは、とくにそうした好みにこだわる暇などありはしなかった。

# 未生のものたちとの対話

ホフマンスタールにはオペラ台本の『影のない女』だけでなく、小説「影のない女」という作品もある。ただ後者は小説と言ってしまったのでは若干ニュアンスのずれが避けられず、むしろ物語、エアツェールングであろうし、メールヒェンと解した方がより一応作品に即しているとも考えられよう。オペラの方は大作だが、こちらはひとまず長篇ではあっても、大作には程遠い。以前に出ていたS・フィッシャー版のホフマンスタール著作集では「エアツェールンゲン」の巻に入っていたが、原文でせいぜい百五十ページぐらいのものである。「アンドレアス」が未完成に終ったので、ホフマンスタールでは「影のない女」が完成したたった一つの長篇ということになる。

それを私はずいぶん前に翻訳した。着手したのは昭和三十一、二年ごろではなかっただろうか。昭和四十年代のはじめ、それが集英社の世界文学全集に入り、同社が世界文学全集を刊行するたびに二度、三度と採られ、河出書房新社の『ホーフマンスタール選集』にも入って、その都度少しずつ改訂をしてきたために、長いつきあいという感じになっている。そういう事情があったため、「影のない女」というと、私はオペラ版と小説版の二つがあるということが先ず思いうかぶ。

どちらもすばらしい。一方はホフマンスタールそのものであり、他方はホフマンスタールとシュトラウス二人による一種の共同作品で、最初の一つの萌芽がとりどりのすがたに展開・成長していった全体を眺めかつ聴く喜びには、単純でないものがある。味わいの深さがこもっている。どこからそういう味わいが来るのだろうかと思いめぐらすと、ホフマンスタールが生涯抱いていた精神的モチーフ「変容」に発しているらしい。万物のうちに宿っているこのモチーフが、折にふれ事につけて揺さぶられ、刺激されてさまざまのすがたをとり、自然界・人間界の万物のあいだで縺れたり溶け合ったりしながら互いに映発しあうのである。

二つの版が存在するというだけには止らず、オペラならば演出によって、歌手の顔触れによって、効果も印象も一変するということがあるし、小説の場合には「読み」の作用が作品の意味を一変させるほどの力をもつことがある。私は、さまざまな「影のない女」と呼びうる、いま眼前にあるゆたかな拡がりの中で、光の当て方次第で登場人物たちの相貌、意味合いがずいぶんと違って見えることに興味がある。より単純にいえば、この作品の主だった人物は五人いるが、その中の誰に共感、関心をもったかによって、作品からうける印象、こちらから作品に対して下す評価がかなり異ったものになる、ということである。

五人とは言うまでもなく皇帝、その妃となった精霊の王の王女、王女の乳母、染物屋バラク、バラクの妻である。オペラ版にしろ小説版にしろ、作品の背後もしくは底流に、さまざまな人物たちと現象を統べている理念がある。そして人物たちの絡みあいのはてに、彼らもやがてその理念へと収斂されてゆくことになるのは分っていても、作品を読んだり聴いたりしている時間の中では、彼らの中の誰か一人に眼が向いがちになるのは止むをえないだろう。モーツァルトの『ドン・ジョヴァンニ』の場合、ドンナ・アンナ、ドンナ・エルヴィーラ、ツェルリーナのどれを好むかが、人によって違うのが面白い。E・T・A・ホフマンはドンナ・アンナの中に神的な本性が秘められていると書いていたが、テオドール・アドルノにはツェルリーナへのオマージュを語った一文がある。ドンナ・エルヴィーラびいきは多勢いそうだが、いま取りあえず思いうかぶのは河上徹太郎である。『孤独な芸術幻想』の中に、エルヴィーラについて語った美しい一節があった。

同じようにオペラ『影のない女』も女三人が競いあう。こちらの三人についても好みや関心は区々に分れることであろう。しかし彼女たちは互いの対照がはっきりしていて、身分地位からもキャラクターからも、実はあまり交錯していないような気がする。私はそれをこの作品の弱点と言おうとしているのではない。王妃は上の世界に属し、バラクの妻は下の世界の住人である。乳母はホフマンスタールが自ら認めたようにメフィストフェレスであり、上と下とを結びつけるというよりは、搔きまわしたりひっくりかえしたりしている。聖なる主役王妃、俗なる主役バラクの妻のあいだに立って、乳母は第三の存在ではあろうが、去年の猿之助演出、サヴァリッシュ指揮のバイエルン国立歌劇場日本公演では、私は乳母役のマリアナ・リポヴシェック（メゾ・ソプラノ）に断然眼を惹かれた。

歌舞伎ふうの様式的演技で裏付けをすると、おそらくリアリズム演技から発散されるであろうなまな情念や下ごころが搔き消されて、この役はどこか誠実な女トリックスターといった奇妙に面白い気分を放つのである。私は東京での上演を二度見ることができた。二回目のときは王妃、バラクの妻とも相当に盛りかえしている感じがしたのだったが、東京公演の初日である一回目は、女声ではリポヴシェックの独り舞台のような気がしたものだった。錯覚かもしれない。それとも乳母に私の気持が結びつきすぎたのであろうか。

とはいえ私は彼女たちのことを言いたいのではないし、オペラの話題だけに話を限りたくもないのだ。前に書いたように、小説版が意識の片隅にいつもあって、あの見事だったバイエルンの公演から数カ月たって熱気が去ったいま、あらためて小説版の皇帝の映像が見えてくる気がする。このことを少しだけ言ってみたいのである。

「影のない女」の精神的主題「変容」――自己犠牲による罪の超克・浄化と祝福――は、皇帝の妃となっている精霊の王の息女が主として担っており、乳母の八面六臂のはたらきを介して、物語の進行は妃とバラクの妻のあいだで辿られてゆく。皇帝も――別の次元ではバラクも――それほどドラマに割り込んではこない。妃やバラクの妻は苦悩する内面をもち、それをさまざま表現するのに対し、男たちは内面を外にあらわすことはない。ことに皇帝は三日のうちに妃が影を手に入れなければ、呪いによって石に化する運命にあり、言語や動作から隔てられようとしている。そこには『ドン・ジョヴァンニ』にもあった「石になる人間」というモチーフが流入しているが、私は言語と動作から遮断されて、石化しかけた皇帝の薄れてゆく視力と意識によって、ホフマンスタールが無類に美しい情景を描いてみせたことを思いかえした。それは小説版の方にだけあるもので、オペラにはない。オペラでは表現しにくい情景ともいえる。小説版「影のない女」で私が一番好きなのはそこ、第四章なのである。このことはオペラ公演が過ぎて時がたったいま、前以上にはっきり自覚されるようになった。

一九一一年ホフマンスタールは「影のない女」の構想を得た。おそらく最初に進行したのはオペラの方だったであろう。小説版の最初の部分は一九一三年秋と一四年春に書かれている。オペラは一五年に完成する(初演は一九一九年十月)。それからかなりたって、一九一八年にホフマンスタールは、小説版の第四章、深い山の中の不思議な広間で皇帝が未だ生れてこない子供たちと出会って話をする場面を書いた。私がそこを、オペラには出てこないと記したのは、成立経過からいって当然のことだった。オペラが出来たあと、それでは満たされなかった作者がその場面を付け加えたのである。

十二の燭台が燃えている仄暗い広間には食卓のしつらえがしてあり、一人の少年ともっと小さい男の子たちが、しきりに壺、皿などを運んでいる。賓客はいない。いるとすればこの場所に入りこんだ皇帝一人だけだ。少年は皇帝におじぎをし、「時が参りました」という挨拶をする。するとそこへやや年上の乙女が恭しくあらわれ、「弟たち」の「不行き届き」を詫びる。そんな導入部にはじまって、この神秘的、夢幻的な饗宴の空間の中で、乙女と皇帝は謎めいた対話をつづけてゆくのである。

乙女をはじめ、この場に姿をみせた子供たちは皆、じつは未生の存在、つまりまだ生れることができない皇帝の子供たちであり、そのことを全く知らない皇帝は、夢の中にいる人間のように幻影めいた子供たちに語りかけるのである。へたをすればこれは(妃がまだ影をもたないために)

子供をもつことができないでいる皇帝の、父親としての悶々の絵解きになってしまうだろう。だがホフマンスタールはこの情景を分析や寓意から能うかぎり遠い夢のメールヒェンとして形づくっている。そこに言いようもなく透明な美しさがある。未生の子供たちの純真さと、他者と競うことを知らない皇帝の孤独な無垢とが、深山の冷気につつまれて静かに、優雅にこだましあう、そんな場面になっている。最後には心の内側から皇帝の体は石のように凝固をはじめ、食卓の灯火も掻き消え、子供たちの姿も消えて、星々が上からのぞいている野外に皇帝の石像がひとつ立っているばかりとなる……。

これまで私は、なぜこの場面、小説の第四章が好きなのかふりかえってみたことはなかったが、今回思い当ったのは、登場人物たちの中でこの皇帝が作者ホフマンスタールその人に近いのだ、ということだった。いったい作者というものは、自分の創った人物の各々に自分を溶かしこむものだが、中でも作者との結びつきの顕著な一人か二人に特別なアクセントがつき易いのは少しも不思議ではない。それを突きつめてゆけば、当の人物は作者の分身となる。「影のない女」の場合はそこまでは行っていないが、私の実感の中では人物たちのさまざまな縺れが終り、時がたってみると、つまりさまざまな「変容」ののちに、作者と皇帝との響き合いが、これだけが消えずに残ったのである。

これはホフマンスタールの精神性がオペラのあとに、——小説のあとに——甦ったということであるのかもしれない。精神性、それは秩序と美とを経と緯にして織りなされる共同体的王国への夢とあこがれというふうにも言い表わせよう。オペラの方の皇帝にそういうものがないということはできないが、表現者としてのホフマンスタールには、未生のものたちの声をさらに聴き続けようとする心があったことを忘れるわけにはいかない。詩、散文、舞台芸術と多くの分野の作品を創ったホフマンスタールではあったが、どんなジャンルでも彼には大いなる未生の魂といったところがいつもあった。

「影のない女」とは原題「フラウ・オーネ・シャッテン」をそのまま訳したもの、独文和訳的な題である。これについて、一つの思い出を記そう。このドイツ語を日本語にすると、ドイツ語の場合以上に散文的で、あじけない気がする。そう感じたので、私は思いつきで「影とり物語」としたらどうだろうなどと空想したりした。前にも書いたように昭和三十年代のはなしである。「竹取物語」からの連想だった。手塚富雄先生に、その訳の原稿を一部見ていただいたとき、この思いつきを言ってみた。が先生の同意は得られなかった。断定的に「それはよくない」と言われたように憶えている。わずかばかり未練を残したまま引き下ったが、いまになってみると先生の直観は確かだったようだと分る気がしている。「竹取」との連想で名づけるのなら、ある響き、匂いをもつことが必要で、それが出せないとすれば直訳にするほかはないのである。

しかしその後、いつごろだったかは忘れたが、別のタイトルが浮んできた。浄瑠璃、歌舞伎に「信田妻」(「信太妻」とも表記している)のモチーフがある。狐が人間の女になる信田伝説によったもので、今日でも竹田出雲の『蘆屋道満大内鑑』のそのくだりは時々上演される。動物ということならば「影のない女」の妃も、精霊の王の姫でさまざまな変身の能力をもち、魚や動物にすがたをかえて水とたわむれ、大地を疾駆するなどしているうち、白い羚羊になっていた彼女に皇帝の狩の矢がささって捕えられている。こうした神秘的・神話的な動物と人間の交わりを視野にのこしながら、たとえば「影無妻」とか「影なし妻」と言ってみることはできないか。これならば原題そのままというのに近かろう。井上太郎氏はかつて、モーツァルトのオペラ・ブッファ『にせの女庭師』を歌舞伎調で「忍恋偽女庭師」とやってみたらどうだろうと書いていた。この気持は理解できる。こういう連想の誘惑がオペラというものにはあるのだ。モーツァルトがそうであったとすると、シュトラウスのホフマンスタール作品に同じような誘惑の気配が感じられたとしても、おかしくはなかったかもしれない。

# 「女清玄」を見て

国立劇場の三月公演で『隅田川花御所染』を見た。「女清玄」として知られるこの芝居は、ほぼ三十年前と十年前に、歌右衛門が演じているが、それは見逃してしまった。見逃したというよりも、私は歌舞伎にほとんど興味を失ってしまう時期が、時々かなり長く続くので、上演されたこと自体がはっきりとは思い出せないほどだ。ついでに言ってしまえば「清玄」も見ていない。それでいて、昔愛読した三島霜川の『役者芸風記』が、嵐璃珏の清玄を絶讃していたのは覚えている。破戒僧清玄が、幕があくと、物憂げに「今日も暮れたか」と一言言うのだが、それだけで璃珏は破戒坊主のリアリティを完璧に表現することができた、という嘆賞のことばだった。（長く蔵い込んでいた『役者芸風記』を出してみると、たしかに激賞しているが、「今日も暮れたか」には触れていない。してみると、そこを論じていたのは三宅周太郎だったか、と今思いうかべている。）

「女清玄」にはそんな科白はない。しかし、玉川庵室の場で、清玄尼と松若とが出会い、色模様になったあと、もとの清水堂の舞台に転換、まどろんでいた清玄が「さては今のは夢であったか」と目を醒ますその科白が、男の清玄の「今日も暮れたか」と逆向きに対応しているように感じられた。形式的には、一方は現実、もう一方は夢ないし幻想である。

「さては今のは夢であったか」——お定まりの、よく出てくる科白だが、九代目団十郎はこれを定式的に喋るのを嫌ったということを、志賀直哉が随筆に書いていた。「毒饅頭」の加藤清正で、夢からさめて呟くように「夢か」と言う所が、九代目は段違いに上手かったという。初代吉右衛門が、身体をゆすって力みながら「夢かァ」とやるのは「さては今のは夢であったか」と同じことではないか、と志賀直哉は言っていた。九代目の格調ということのほかに、活歴に通ずる明治的リアリズムもそこから想像できるような気がする。

私は、「さては今のは夢であったか」でいいのだと思っている。というよりも、存分に様式的にそう言うべきだと思う。「女清玄」は女がその科白を口にすることになるのが、とにかく面白かった。男なら、夢から醒めれば現実に戻るのが通例だ。女は必ずしもそうならないかもしれない。少くとも清玄尼はそうで、醒めてますます恋の妄念をつのらせ、舞台から滝の水に身を投げてしまう。今回の雀右衛門はそういう所も、何ら過不足なく見せてくれた。夢のまた夢といった、茫漠とした場面の実感は、若い役者がむやみに張り切って演ってもうまくは出せないだろう。

『隅田川花御所染』それ自体の感想から遊離してしまうが、円熟した雀右衛門が歌右衛門にずいぶん似ていることを意識させられた。前に二回この芝居を演っている歌右衛門が指導しているのだから当然とも思えるが、歌舞伎の種々の局面にあらわれる類似、近似、同一、重なりは、掘り下げておく必要のある問題ではなかろうか。歌舞伎に限らず日本の演劇は、最終的には同一性というカテゴリーの円周上を動いてゆくことによって成立しているらしい。この問題はそこに帰着してゆくだろう。

先輩や師匠の芸を見習い、模倣して演ずるのだから似てくるのだと言えば、常識的に誰も疑わない。この「見習い」や「模倣」のその先に継承とか伝統とかいう観念を置いてものを考えることに、われわれは慣れている。そこにはもう一つ、血筋というものも加わっている。しかし血筋、伝統、模倣のどれかの因子が強くはたらけば、それでもう芸風と演技は似てくるのだろうか。たとえばいまの吉右衛門は祖父である初代吉右衛門にかなり印象的に近い面があるが、それは血筋だと言えば済むのだろうか。血がつながっていても似た所はない例も多いのである。

一人が別の一人に似通う、もっと進んで同じになってしまうというのは、人間にとって存在の底をゆるがされるような経験ではなかろうか。血であろうと、師弟相承関係であろうと、そこには人が人ににじり寄り、接近し、重なりあい、合一してゆく過程がある。これはある意味では人間の存在を震撼させることだが、反面それによって人が人につながる所以でもあると考えたとき、とにかく類似、共通、重なりあいはおそろしい、と感じられてくる。

「女清玄」に限らず、歌舞伎くらい顔かたちの類似とか取り違えとかを活用した演劇も少いのではないか。「女清玄」では松若丸が常陸之助頼国になりすまして、花子の前こと清玄尼とその妹桜姫をそれぞれ攪乱させている。これは歌舞伎の常套手段の一つでもある。何よりも大詰の隅田渡しが「二人松若」と称される常磐津の所作事になっている。ここに本物の松若と、松若のなりをした清玄尼が現れ、田之助扮する女船頭綱女をまどわせるのだ。魔的な情景だ。しかしそれも秘宝や呪具がそれぞれの手にわたったことで解かれ、最後は道成寺もどきの鐘入りと押戻しで、絵面に凝結して、人間から切り離されるのだが、私はあらためて類似と一致の魔術がどれだけ歌舞伎を生気づけ、役者たちに生命力を与えてきたかということを思わざるをえなかった。

二人松若、二人道成寺、二人三番叟といったものに止らない。作劇術においては、若君が零落した浪士に似通い、男と女（恋人同士など）の面影が互いに接近する。鈴木春信の男と女のようにである。演技面では、血をうけた父の、師事した師匠の演技に融合しようとする役者たちの営為がくりかえされている。人が人に似、互いに通いあうとは、究極においては人を人たらしめ、人にそれぞれの所を得さしめる背後の存在と人との接近を予感させるが、それをことさら意識する必要はない。松若と松若がそっくりだとか、松若とおくみが似通うという問題は、別の次元では雀右衛門が歌右衛門に似てくるといったことをも囲いこんで、人間的同一性をめざす時空をわれわれのまわりに成立させている――こんなことを私は考える。これはことさら「女清玄」によって強く浮び出てくる問題ではないかもしれないが、この上演から私が得た感想は結局のところ、そこに帰着した。

西欧の演劇、ことに近代劇は個の主張を打ち出し、一人の人間はその一人だけの独自な個性であると語っている。歌舞伎見物は、同一性のカテゴリーだけでなく、それの対極である差異性をも再意識化する機会になる。そういったことも、併せて思いうかべられた。

# III

## 文人の交流

# ことばと批評のドラマ——大岡 信

　年譜を見ると、大岡信が最初に書き出したのは、短歌と詩であったことが分る。父が窪田空穂門下の歌人で、『菩提樹』という歌誌を主宰していたのだから、それは自然な感じであっただろう。詩の方は昭和二十一年当時、四年生として在学していた沼津中学校で、教師や友人が集って作った同人誌『鬼の詞』での発表にふさわしい形態として芽生えてきたものと思われる。短歌は形が決定されているが、詩は自由に長くも短くもなる。ただ少年が手を染めだした初期作品が、最初から長大になるということはまずないから、大岡信は短い詩の作品を書くことから文学の制作に入っていったと想像しよう。それは分りきったことで、詩を書く少年の誰でも同じように、共通して経験することだと言えばすむのだろうか。統計的にはそう言いうるだろうが、私が大岡信の批評家としての側面を把握してゆくにあたって右のようなことを最初に指摘したのは、そこに大岡信を大岡信たらしめたものが読みとれると感じたからに他ならない。

　短歌、俳句、近・現代詩と、どのジャンルで考えてもいいが、大岡信にとって「家学」であった短歌に敬意を表することにすると、これは時折一首がぽつりと出来るというものではなく、思いをひそめ言葉をころがしているうちに、もしくは全くの不意討ちといった感じの中で、まず一首が流れ出してしまえば、多くの場合続けていくつか出てくるのが特徴であろう。それらは連作的であったり、同一主題の変奏であったりする場合の方が多いが、そうはならず、一つ一つが思い思いの方向をむいていることもある。連作といえば正岡子規の「藤の花」の一連などがすぐ思いうかぶが、たとえばそれら三十一文字の初五だけを見てゆくといった方法をとると、初句は実にさまざまで、自然であったり凝っていたり、何ごともないようだったりすこぶる意想に富んでいたりする。一口にそれを冒頭の発想の多様性というふうに言ってみると、詩的作品の着手とは何なのかという一つの問題がそこに覆在していたのが感じられよう。

短歌だから、短い詩形の作品だから、何度でもくりかえし一つの作品の着手点をあらたに決めなければならないのである。いくらか言い方を変えてみれば、短歌であるために人は限りなく冒頭を発明し、冒頭を通過してゆかなければならないのである。では歌人は百人が百人、その問題をかかえていると考えていいのだろうか。どうもそうではないのではないか。くりかえしての、果てもない冒頭の設定と通過――これが自分にとって本質的な詩的問題なのだと自覚している歌人は、百人に一人もいないかもしれないと言いたい気がする。大岡信は、すでに年少のころからその問題を意識していた稀なる存在であった。

それを見届けてゆくにあたっては、短歌や詩よりは数年遅れはしたように見えるものの、やはり初期のころから自覚的に着手されていたはずの評論、あるいは批評を取り上げるのがいいようだ。年譜によると、昭和二十五年エリュアールを知り、その二年後エリュアール論を書いている。またそれより先、昭和二十六年には愛読していた詩人菱山修三を取り上げて詩人論を書いている。

これらを読んでゆくと、若き大岡信の中に早くも後年の重要な主題や思考法の萌芽が認められ、それでいて文章の感触では、とくに菱山修三論などは顕著に小林秀雄風の個所があったりして、若き魂のシュトルム・ウント・ドラングをありありと示しているが、ここで注目したいのは以上のような経緯から「エリュアール論」の冒頭である。これはⅠとⅡから成り、Ⅰは一九五二・八、Ⅱは一九五五・六と日付が付いているが、言うまでもなく、早い方のⅠの冒頭を私は注目して読んだ。

エリュアール、と一行に書いて眺めていると、その周囲の白い余白が自然に動きはじめるように思えてくる。その眼に見えない動きの感じがぼくを安心させ、勝手に書きだせばいいとぼくに思わせる。ずるい方法だが、ぼくはすでにエリュアールについて書きはじめているといってもいいのだ。何故なら、エリュアールがぼくに示してみせた最も貴重な詩法のひとつは、詩はどのような一行からでもはじめうる、ということだったからであり、たった今まで、エリュアールについて何か心覚えを書きとめておこうと思いながらも、何ひとつまとまったイデーをもたなかったぼくが、習慣的にエリュアールと題を書いた途端に、その字の周囲に何ものか動きはじめるのを感じたというのも、恐らくこの詩法がぼくにもたらした活動方式の、ひとつの現れにちがいなさそうだからである。

大岡信は、何はともあれ書き始めなければ駄目なのだと得心した。大岡信にとって象徴的にエリュアールの最初の一行を意味した「そして空はおまえの唇の上にある」との出会いから、既にこのとき二年たっていた。充分に長い時間であり、彼の内に蒸溜されたエリュアールに何の不足もなかった。しかしそれは、書き始めない以上エリュアールとはならない、というもう一つの人間行為にかかわる事情が存在する。それに気がつくのは皮肉にも、エリュアール論を自分の手で一字一字紙の上に書き記してゆくことを通じてなのであって、決してこの順序は逆とはならない。

　これはある意味では正統派的な詩論である。詩の発生論である。書くことは行為であり、人間が人間以外のものとかかわりあい、貫きあうことである。しかしその人間以外のものは一様ではないという問題の介在は否みようにも否めない。それは、人間が眼の前に見出す花や鳥や、身辺に認める椅子や扉といったもの自体でもあるが、しかしそう考えたときそれは瞬時の間に、もの自体ではなくなり、花・鳥・椅子・扉といった言葉になってしまうからである。もの自体の世界には、詩は成立しない。もの自体が動き始め、何かに変ってゆくとき詩の場が開けてくる。初期の評論で大岡信はおそらくそんな詩の成立にかかわる厄介微妙な経緯を感じとっていた。詩は言葉なのである。今更そう言うのもおかしいようなことではあろう。しかし、本当に今更言ってはおかしいのか、と梶を転ずる必要は大きい。きわめて大きい。

　短歌を例にしてこの問題圏に入ってみたものの、もう短歌から完全に詩に移ってもかまわないだろう。というより、短歌でも俳句でも詩でも基本は同じといってよいのだろう。すると、詩は言葉であるという出発的な規定の上に立って、言葉の任意性という特質があらわれる。「エリュアール論」が「詩はどのような一行からでもはじめうる」というのが、この任意性を暗示していた。もしその文章が意味内容の伝達を目的とするものならば、最初の一行の任意性は、ゼロにはならないとしても大幅に制約を蒙るだろう。詩はそうではない。

それは「あてどない夢の過剰が、ひとつの愛から夢をうばった」と始まってもいい。「風はまちにくろい衣をきりきり舞わせ」と始まってもいい。「宵闇の石廊は風にむかって開かれ」――これも詩である。以上は第一詩集『記憶と現在』から任意に引いてきたのだが、大岡信は若さ特有の促しのためか、そこに抒情的・感性的言語の気配をも濃く封じこめながら、実は任意の言葉を把握している。何が次に立ち現れ、次の次にさらに何ごとが生起するのかも分らないような、したがって待ちうける主体のこめかみの緊張が決して緩むことのないような言葉を押し出している、と読めるのである。何がどんな形の言葉となって第一行を占めても、怖れることはない。そうした怖れは、もしあったとしても、次に来るものへの不安もしくは期待よりはずっと小さなものにすぎないだろう。

極端なことを言い出せば、第一行、第一語の意味は問うに及ばない。それによって喚起される映像もさしたることではない。では何が重要であるのか。「エリュアール論」は、「詩における感動は、究極的に言って、紙面にあらわれた言葉の劇からしか生みだされない」と、前に引用した冒頭の次のパラグラフで言う。詩人は彼の記憶の底に沈んでいる言葉をまさぐって、言葉を編み上げるのだが、それをいたずらに舞台裏の露出にしてはならない。そんなものはドラマではなくて、単なる感傷的・感性的好奇心への迎合である。言葉が紙面に定着した明確な形というものがあるのだ。そこにだけ言葉の劇があり、詩は読者に向って紙上の言葉の劇の観客であることを、ただ期待している。もっとも大岡信は、そういう発見を、少し違った角度から次のようにも述べているが、この方が理解しやすいかもしれない。

新しい自然ではなくて、新しい光をあてられた自然……。奇妙なことだが、日本のモダンな詩人達に新しい詩の先駆者として映ったエリュアールが、ぼくに、新しい詩などない、新しい光をあてられた詩があるだけだ、と教えてくれたのだ。ぼくのエリュアール理解の方向は、このときすでに決定的にきめられていた。

とはいえ、エリュアールだけに止るものではなかったことは確かである。それを「光」ということばで考えてみる。紙の上という舞台で言葉と言葉のつながり、衝突、離反にいかなる照明の光を当てるかによって、複雑な気分・情緒が生じてくる。それだけでなく照明によってそこに生起するものが言葉たちによるドラマとして見え、聞えてくるようになるのだ。これ以外に劇の可能性はない。こう思い定めるなら、その後の大岡信の批評作品は思考と方法の中枢部に、変ることなく最も初期の「エリュアール論」でさぐりとられていた「言葉の劇」への模索を置いていたことが了解できるにちがいない。それは『紀貫之』や『言葉の出現』に認められたし、『たちばなの夢』や『装飾と非装飾』や『岡倉天心』にさえもあったものだし、何よりも『うたげと孤心』『窪田空穂論』『詩人・菅原道真　うつしの美学』に遺漏なく活かされるに至ったものであったといってよかった。これほどに詩人が詩の言葉の劇に関心を抱きつづけるとは、異様であると見えかねないほどの持続が感じられるが、それはまた詩人を詩人のままに批評家たらしめた原因であったといって納得するしかない大岡信の真実であった。

『紀貫之』の中でも、特に巻を措かせない魅力的な論述は、第三章の「古今集的表現とは何か」から読むことができたが、ここでの眼目は、貫之の秀作の一つ「影見れば波の底なるひさかたの空漕ぎわたるわれぞわびしき」を取り上げ、「水底」に「空」を見る「逆倒的な視野構成」の指摘にあった。この一首だけがそうなのではない。他の数首を併せみても、「水底」という「鏡」の反射を介して歌が成立し、言葉が劇を生んでいる。「水は空を演じ、空は水の下を歩む。水と空は、たがいにたがいの鏡となる」とは大岡信のみごとな批評的敷衍だが、さらに次のようにこの論点は深められている。

事物と事物のたがいの映発――だが、それは実は「言葉」を通してのみ実現することであった。水と空がたがいに鏡となり合うといっても、それは詩人の言葉の世界において生じる出来事にほかならない。

紀貫之に対する正岡子規以来の貶価(へんか)的な眼がある。その眼にかぶさった蔽いを取り払った『紀貫之』の功績は言うまでもないが、この批評作品の底には大岡信が少年のころから持続させてきたことばへの熱い関心がある。ことばの不思議に対する率直な驚きと、驚きをもう一度考えてゆこうとする魂の欲求がある。それが紀貫之という「詩人」の直面したことばから発した詩的誘惑と波長が合ったのである。

おそらく「詩語」とか「詩的言語」というものが、詩人たちによって自覚され意識されるのは、このような、たがいに映発しあうものの発見を通じてではなかったかと思われる。(中略)語というものが、二つ、三つと重なり合い、関係づけられるときに生み出す感興、刺戟、連想の強化促進ということは、平安朝の歌人たちには、今日のわれわれよりも遥かに強い意味で、まことに新鮮な発見だったろう。

とはいえこれは、批評家大岡信が詩人大岡信を洞察した文章なのではないか。そう読んでもおかしくないほどに大岡信は批評的であり歴史的なのである。紀貫之の中にはさまざまな特質があった。遠い史上の人物として不明な部分も少くはなかった。それらは個々にも全体的にも各種の学問的研究法や文学的構想力でもって一つ一つ解いてゆくべきもので、『紀貫之』はそれをきちんと進めているけれども、大本のところではことばの発見者紀貫之という大岡信の発見があ る。発見が二重となって、大岡信の自己発見に通じている。『紀貫之』のあと、『うたげと孤心』『詩人・菅原道真　うつしの美学』を併せて三部作と了解できるが、ほぼ同一の特性が三部作のすみずみにまで行き亘っている。

興味ふかいのは三部作が、古い基本的な意味にまで還元された動詞のはたらきと関連づけられていることである。すなわち『紀貫之』では「合わす」が、『うたげと孤心』では「拍上(うちあ)ぐ」が、道真論では「移す」が批評的展開のための原液か原状態として喚び出されている。「合わす」ことによって、ものとことばの映発、相互滲透が成就したのだった。宴に集った人々が掌を「拍上げ」ることで、共同体の共同言語が湧きあがった。海外の言語文化にふかく学んだ一級の知識人が、異国の言語とおのれのことばとを互いに「移す」ことの可能なものとして心を潜めたことにより、日本の文芸に高度の流動性が賦与されるに至った。それは、ことばの出現からことばのドラマまでの動態を、内からと外からの両面で精緻にとらえたことばの日本文学史であり、ことばによる日本文学本質論となっている。これが大岡信の批評がなしとげたことであり、さらに今後の展開を予想しうる問題である。

菅原道真の詩は、私が「うつし」と呼ぶ精神活動の生んだ最もめざましい古代的実例を示しているのみならず、「うつし」に含まれる創造的側面も、漢語と大和ことばとの接触の現場において、実に興味ぶかい形で、実践的に身をもって示していると私は思っております。

それならばほとんど同じ現代的実例が、海外の詩人たちとのあいだでしばしば試みられている連詩であろうとは、間違いなく想像してよいことだろう。大岡信は菅原道真ではないが、しかしやはり別のもう一人の菅原道真でもある。このことが過剰な自負を彼に与えていないのは、おそらくそこに発生してくるはずの精神的エネルギーが生きたことばのドラマの方へと誘導されているからに他ならない。大岡信はそのとき正確な自己批評者である。

# 「空は鏡」青層々――清岡卓行

もう六十年近くもむかし、戦後の昭和二十二年のことだ。私は旧制一高の一年で、一応全寮制の学校だったから明寮十五番という部屋に入室していた。あるとき原口統三の『二十歳のエチュード』が部屋にころがっていた。誰のものかは分らない。寮にはそういう本がよくあったのだ。手にとって読みだすと、だんだんと加速度がついてくる。ところどころ面倒な個所は飛ばした。断章形式は飛ばしたり、逆戻りしたりが自由なのでいい。「純粋」に憑かれた原口の苦悩は、私がまだ弱輩十七歳だったせいか、ヴェールの向う側の感じ、その表現スタイルの自由さのほうに羨望を感じていた。

こうして原口統三の遺著を読み、そこに何度も出てくる「清岡さん」の名前と出会っていた。ほかに友人知人の名前はいくつも出てくるが、彼らはほぼ同年輩、同学年だったろうから、橋本、都留、中野というふうに書かれている。彼らの姉妹などである女性たちは「道ちゃん」「節ちゃん」だった。そうだからこそ清岡卓行一人だけが「さん」づけである印象は強く記憶に残った。大連一中では清岡卓行は四年上級、だから中学での接触はない。原口が昭和十九年一高に入ったとき、すれ違いで東大仏文科に進んだ清岡卓行はおそらく時々寮に遊びに来て、原口ら後輩と麻雀の卓を囲んだ（清岡卓行『円き広場』あとがき、昭和六十三年、思潮社）。そういう中から、原口に「清岡さん」が揺るぎないものとなる。

あのころ、おそらくどこの高専、大学でも学生たちは日常会話の中で教授を話題にするようなとき、「さん」づけでいうのが普通だった。一高なら安倍さん（校長）、阿藤さん（漢文）、というようにに。これは現在ひろく使われている一般的な、無難な敬称「さん」と同じでありながら、どこか違う気配をこめたもので、学生間のジャルゴンといえよう。ジャルゴンの雰囲気を嫌う言語感覚もありうるわけだが、子供の段階からようやくぬけだした十八、九歳ぐらいから三十あたりまでの層には、この「さん」が使いやすい言葉だった。先生たちへの軽い親しみ、尊敬をそこにこめ、自分も少し大人ぶった気分になることができた。

原口統三は阿藤伯海を例外として、教授のことは書いていない。代って、自分に一番近い年齢までおりてきた一種の先生「清岡さん」が、彼に現れたと見ることもできるのではないか。同年輩の友人より、ほんの数歳だけ年上である人への「さん」と、ずっと上の方からおりてきた「さん」とが一致したのだ。

「ランボオこそは君。ぴんからきりまで男の中の男ですよ。」

この清岡さんの言葉が胸を刺した。

そして、それ以来、僕の誠実さの唯一の尺度となつた。

星がしづかに夏の夜空をめぐつてゐる。僕と清岡さんとは黙つて暗い沖の彼方をみつめてゐる。波の遠くへ退いてゆく音。

「あれは古代が僕等を呼んでゐるんだ。」

と清岡さんが言ふ。……………。

なぜ以上のような往事をはじめに喚び出したのかと考えると、理由は二つほど思い当る。ここで自分のことを言うと、私は教室の先生たちだけでなく、敬意を抱く文学の先輩、同世代の人々は会話の中で「さん」で呼んできたが、これは普通の「さん」、円滑な社会生活で通用する「さん」といえる。しかし数少い例外もあった。声に出して言う言わないとは別に、私の「清岡さん」は『二十歳のエチュード』からの記憶、余響だったのだ、今度はじめてそのことに気がついた、これがその一である。遅れて来た学年として、原口の死へと向う螺旋的な言語には誘惑されなかったけれども、「清岡さん」という呼び声は私の心に刻みつけられていた。

そうであったから、第二に、原口統三との交遊を語った長篇『海の瞳』(昭和四十六年)を、そのころ新人批評家であった私がたぶんはじめて出席した文芸誌の年末座談会でベスト・ファイブの中に挙げ、それを読んだであろう清岡さんから翌年『鯨もいる秋の空』を贈られることになったのだ。でもまだそのころは顔を合わせてはいなかった。

ここで一つ二つ注記をしたい。『二十歳のエチュード』には少数ながら「清岡卓行」として出てくる個所もなくはない。さらに「さん」づけではあっても、「僕は、何の躊躇もなく清岡さんに尊敬を捧げて交れた日々を懐しいと思ふ」という回想的な一行や、ヴァレリーの理論と対比して「清岡さんの芸術論の曖昧さと比較すること」と言っている一行も見つかる。それらは若者が先輩(または師)を尊敬しながらも時々批判・反抗したり、ちょっと斜に構えたりし、それらを通じて成長してゆくことを如実に示した証拠である。ただ既に死にとらえられた原口は成長しながらもそれに気付かず、自分の成長を承認する論理は拒絶していた。

これに対し「清岡さん」が求め、語り、自分の言葉で表そうとしていたポエジーは、純粋志向では共通していても、その鋭い尖端が己れに突き刺さってくる自己否定の形にはならなかった。ひとつ咲いた花が次々とまわりの蕾を開かせるように、水にぽとりと落ちた小石のさざなみが、揺れながら拡がってゆくように、ポエジーはポエジーを誘い、言葉は言葉に連って、円環的な世界が現れた。清岡卓行の言葉の粘着的なやわらかさ、いつでも少しうねりを帯びてみえるイメージの重なり具合は、それを成長と呼ぼうと呼ぶまいと、天成のものだったと信じられる。

推測として言うしかないのだが、原口統三も音楽によく感応する心をもっていた。けれどもポエジーの中に音楽を滲透させてゆく度合の自然さにおいて、音楽と詩の融合の深さにおいて、わずかな差にせよ清岡卓行のそれの方が大きかったことは確かである。その微差の直観において、原口は「清岡さんの芸術論の曖昧さ」と言うほかなかったのだろう。そこは分っていた原口だった。

音楽の方に軸足をかけてみると、清岡卓行の音楽性は、そのもとの所にやはり歌があった、とあらためて思う。現在では『円き広場』として纏められた初期詩集が存在するが、その巻頭の一行詩「空」は、はじめ一高の『護国会雑誌』第七号（昭和十九年五月）に「五月の空」として発表され、学内で詩人の名声をさらに高めたと伝えられるものである。

わが罪は青　その翼空にかなしむ

たったの一行。云々の余地のない完成度に達している。青また青、青が層々として続き重なり合っている天空を、翼はその色に自らも染められながら截断（せつだん）してゆく。青であることがかなしみなのか、同じ色に染められたことがかなしみなのか、天空の截断がかなしみなのか。

この詩を『護国会雑誌』で読んだとき、多くの心はその二年前、昭和十七年元旦「朝日新聞」一面に載った、上空からの真珠湾爆撃写真を、意識・無意識的に思いうかべたろうと推測する。（そのとき小学五年生の私にも、その写真の記憶はある。ただ私は清岡卓行の「空」一行は、昭和四十年代、思潮社の現代詩文庫で読むまで、知らなかった。）この一行の中には時代があり、戦争と生死があり、青春があり、何よりも青のかなしみがある。全体は「美」に蔽われているが、内実のすべては透明になっている。何の説明もなしの一語「罪」が、それを暗示している。これはあの時代の一高を支えた詩だったのかと想像される。

まだほかにも思いうかぶことがある。「罪」を別にすれば、ここからはト短調のモーツァルトの連想も否めないからだ。「疾走する悲しみ」の幻聴だろうか。でもこの連想はいまは止めることにして、あの一行詩「空」のかなしみも音楽なのだとだけ言えれば、私はそれでよい。

『円き広場』には、四行詩も九篇収められていた。表記はすべてひらがな（「アカシヤ」一語だけカタカナ）で、一行が五音・七音、または七音・五音の諧調を保ってしずかに揺れている。『円き広場』あとがきによると、その中で一番古いのは「はるけきもの」で、十六歳のときの作。すると一高入学以前のものである。

はるかなるやまにのぼりき
はるかなるそらをみつめき
くもしろくただよふあれば
はるかなるきみをおもひき

こうした初発形態に歌が早くも感じとれる。誰か先人の影響というなら、これは佐藤春夫だろうか。何にしても、清岡卓行の音楽性には身についた豊かさがあった。ここでその豊かさを、彼のもう一つのお気に入りのジャンル、野球にたとえて言ってみたい。コントロールのいい投手が、わずか約六十〜七十センチ四方にすぎないストライク・ゾーンの右下隅、真中、また右下隅、今度は左上と、テンポよく、微妙な間合のずれまで自然に織りこんで投げこみ、面白いように打者を翻弄するのがなぜ快適なのだろう。それはピッチングに音楽性が流露しているからではないか。

野球と音楽では遠すぎるようではあるが、ピッチングの音楽性をコントロールの音楽性と言い換えてみると、清岡さんの『円き広場』から始まった六十数年の詩作は、言葉の繰り出し、形容の濃淡、順接・逆接の遠近配置、イメージ転換、どれをとってもほんとうにコントロールがみごとだった。その言葉はポエジーをけっしてはずれないストライクで、常にポエジーの中でポエジーを響かせていた、この思いがしきりにする。

清岡さんの最後の作である詩を読んだ。九行の短い詩「ある日のボレロ」、これは『文藝春秋』平成十八年七月号に掲載された。夫人の岩阪恵子さんのお話では、これは口述筆記でできた作品という。もしかすると清岡さんの口述筆記は「ある日のボレロ」が最初にして最後ということになるのだろうか。もう少し推敲したいようでしたけれど、岩阪さんはそうも語った。それを聞いた二日後、発売された『文藝春秋』で読んで、ああ、やっぱり清岡さんだ、いつも見てきたあの言葉だ、と私は思い、でもそれでいて面白い意外性の速球が三回、ビュンビュンと飛んできたようだと言いたくなった。最初の三行はこうなっている。

パンツ一丁で　ピアノを弾くのだ！
いいか　わかったか
それがおまえのいのりのかたちだ

や、これは。ちょっと驚いた。うーん、そうか、これはいい。ほんとにいい、清岡さんの詩はピアノを弾くことだったのだ。パンツ一丁で。被覆を取り去り、生身となって、弾く。もう飾るものもない、纏うものもない、これは清岡卓行の詩が最後に達したすがただ。詩は音楽として表象されている。音楽に置き換えられている。だが、それは「いのりのかたち」だという。なぜだろう。

清岡卓行のこれまでの作品で、あまり記憶のない「いのり」……。でもいま、道は一つきり、他の選択肢はない。「いいか　わかったか」、絶体絶命。抑えられていたものが飛び出すしかない、「いのりのかたち」となって。思い出す、あの「空」でもそうだった、「罪」と言っていた。生涯にたった一度しか用いなかったがゆえの真実かもしれぬ、これらの言葉は。謎を残した真実だ。

ああ、分った、次の四行目から分った。

目をひらくと　果てのない空は鏡

ふと気がつくと寝ているのだった。仰むけになっている。目があいた。空だ。空の奥にまた空が。だんだんと見えだす。層をなしているのか。階梯なのか。むしろ鍵盤のように連なっているらしい。ああ、空は鏡だ、鍵盤がうつっている……。

空は鏡、空は鍵盤。そういうものがある。ではそこにおいて果てもなくありつづけるためには、たとえばかつて「てふてふが一匹韃靼（だったん）海峡を渡つて行つた」（安西冬衛）ように、たとえば「わが罪は青　その翼空にかなしむ」日のあったように、いま「ひとつの旋律は変幻をくりかえし」て、ボレロの無限連続の中に青春を溶かしこむだろう。それをしているのは詩人である。かつて詩人であっただけでなく、訣（わか）れのあとも詩人でありつづけている「清岡さん」、清岡卓行である。

# 休むこと　退くこと――訂正して思う

『群像』八月号の清岡卓行追悼に「「空は鏡」青層々」という文章を書いた。書いたのは六月二十日から二十三日にかけてである。清岡さんが元気なうちに一度は訪ねておくべきだったお宅に、私は六月七日はじめてゆき、焼香させていただいたが、そのとき岩阪恵子さんとしばらく話をした。そして最後の作品である口述筆記の詩が『文藝春秋』七月号に出ることを教えられた。

毎晩うわごとで言っていたのがその詩の第一行で、これはちょっといいのです、自分でも気に入り、雑誌から頼まれていた詩を口述の形で作ろうと思ったのです、と岩阪さんの話だった。翌々日それを読み、これは清岡詩そのものだと感じた。同誌巻頭の随筆欄のまんなかに額縁つきの絵のように置かれた詩で、長さに制約がある。未完成感が残るものの、七十年に及ぶ詩作の終点であり、何か言いたくなってきた。

でも、すぐは着手できなかった。別の原稿二つと自分の本の校正を先に済ませる必要があったのだ。そのあとやっと取りかかったときには、少し気が急いたのかもしれない。私はそそっかしやで時々怪我をする。子供のころ足の腱をガラスで切断、十年ほど前には頭部をうっかり打撲、手術をした。それらは自分のこととして済んだが、文章の疎漏はまちがいが残る。敬愛する人の追悼文だから残念で、申しわけない気がした。この一文はその訂正である。
ことは大連一中から一高にかけて後輩だった原口統三との関係、とくに年月の記述についてである。まず、中学での二人の学年差は四年だったから、「中学での接触はない」と記した個所について。事実はそうであったろうが、要約しすぎてかえって不正確になっていた。そこで、ここは次のように改めたい。

「大連一中では清岡卓行は四年上級、しかも原口統三は昭和十六年四月奉天一中から大連一中三年に転入してきた。十六年四月というと清岡が一高文丙に入ったその月である。だから中学での直接的接触はないが、原口は大連一中在学中にこの詩のうまい卒業生のことを知っていた。」

右の記述のあと、原口が昭和十九年四月一高に入学したとき、すれ違いで清岡は東大仏文科に進み、おそらく時々寮に遊びにきて、原口らと麻雀の卓を囲んだ、と私は書いた。麻雀をしたことは、清岡さんが詩集『円き広場』のあとがきで「私は旧制一高三年生のときその寮の部屋でときどき麻雀をしましたが、仲間の一人は二年後輩の原口統三でした」と述べている。だから「すれ違い」は私の疎漏による誤まった推定なので取り消し、次のように訂正したい。

「原口統三が昭和十九年四月一高に入ったとき、清岡卓行は三年生として在学中、二人は寮の部屋で顔を合わせた。すぐに親しくなり、文学を語るだけでなく、時々麻雀もやった。やがて昭和十九年九月清岡は一高を卒業し、十月東大仏文科に進む。それに伴ない寮を出て上野に下宿したが、二人の往き来は続き、のち清岡が世田谷の親類宅に移ったとき、原口は引越しを手伝った。そういう中で原口にとり「清岡さん」が揺るぎないものとなった。」

なぜ私はこんな恥ずかしいまちがいをしたのだろう。戦争末期、年限短縮で高校が二年半だったのは知っていた。それなのに年譜の十九年卒の文字をちらと見て、三月卒と早のみこみしていた。信じがたい。私の中の「清岡さん」には年限短縮、九月卒のイメージが少しもなかったのではあったが。一高に長くいた人と感じてもいた。そこには別の事情も纏わってくる。

昭和十六年入学なら、二年半後の昭和十八年九月卒。それが一年遅れたのは、三年になりたての昭和十八年五月、一高を休学したからである。この休学がくわしく語られたのは、『群像』平成十五年一月号の「あるエッセーとの再会」だったが、私はこの作品をうっかりしていた。種々のことがその中で語られているが、休学に限っていうと、擬結核と診断されたこと、五月の数学の試験で落第したことを主な理由として、再出発をはかりたいと休学願いを提出し、許可され、大連の自宅に戻ったのだ。休学しなかったら、その年昭和十八年九月に一高卒業となり、それは原口の一高入学以前だから、二人の関係も違ってきただろう。出会わなかっただろうとは考えられないけれども。もう一つ、その休学中に大連で会った可能性も生じなくはないが、これに関する明確な証言は今のところ見つからない。

誰にもあることだが、節目での身の処し方を考えさせられる。原口統三と清岡卓行は違うのだ。

「巌頭之感」を書残して華厳の滝に投身した明治の藤村操以来、一高には自殺讃美の伝統的気風があり、原口はそれを締め括る位置にいたが、この道はあとに戻れない道だった。一方清岡卓行の青春には退くこと、休むことがあり、その都度彼は折り返して復帰している。
（一）一旦入った旅順高校の軍国調を嫌って退学。
（二）一高野球部で練習中、頭に死球を受け退部。
（三）一高三年のとき前記のように休学し、大連に帰る。
（四）大学生としても昭和二十年休学し、一高生原口と一緒に帰郷。

四回だが、そのたびに別の場所、かたちで復活する。（一）では予備校をへて一高合格、（二）では寮の一般部屋に移って読書に専念、野球好きは変らない。（三）では一年後復学、原口と出会う、（四）は敗戦日本人として長い残留に耐え、遅れて出発しながら粘りづよく詩人の言葉と感性を蓄え、紡ぎ出していった。

今回私は、退くこと、休むことも時として大切だ、とはからずも教えられたような気がする。

# 言語意志と友情空間と――中村　稔『私の昭和史』をめぐって

中学に入ったら、C組というクラスになった。AからEまで五クラスの中のCである。入学式のあと、新一年生の担任となった先生たちから種々の説明をうけて、クラスは一年から五年までずっと同じ編成で通し、組替えはしないのだと知った。そういうわけでAならA、BならBと縦のつながりが強いとのこと。運動会もクラス対抗戦で行う、遠足や何かの行事のときには、上級生が――私のクラスであれば五年C組の人が――来て、隊長か何かみたいに指揮したり助力したりするのだそうである。

昭和十八年(一九四三)の四月だった。戦時中しだいに物資が逼迫してきており、上級の四、五年生は全員がこの中学の制服である紺の背広にネクタイという姿をしているのに、私たち新入生は――たぶん東京全域がそうだったのだろうが――一学期のあいだは情ないことに、小学時代の半ズボンで登校しなくてはならなかった。でも二学期になってようやく着ることができた制服はやはり背広ではなく、各校一律と思われるカーキ色の軍服まがいのものだった。私は戦後二年目に四年修了で中学を出るまで、一度も背広の制服を着ていない。東京市の北西部を学区とする府立五中でのことである(なお入学したときは府立だったが、その年の夏に東京都なるものができて以後は、都立五中となった)。

ところでまだ半ズボン姿だったころ、荒川河川敷で遠足だったのか軍事教練だったのか、行事があって、そのとき上級生が私たちのそばについた。たしか一年生十人ぐらいに対して上級生が一人か二人つくといった形だった。具体的に何をしたのか、頭の中は全く空白で細部の記憶はない。ただ、森永という五年生の名前が頭に残っている。これは、下町の商家の息子でとても愛想のいい級友が、しきりに「森永さん、森永さん」と話しかけていたせいだろうか。「森永キャラメル」の連想で憶えやすかったのか。

そんなことがあった後のある日、ある朝、巣鴨駅から学校まで整列して登校しながら、「森永さん」と私は一回だけ簡単な話をしたことがあった。あのあたりでは珍しく近代田園都市ふうに整備されていた大和郷(やまとむら)の広い道路を歩きながら、「高橋は……かい?」と私は訊かれた。何を訊かれたのだったか、今でははっきりしないが、たとえば「一人っ子かい?」「いいえ」「じゃ、兄さんがいる?」「いえ、妹です」といったことだったのではないだろうか。「森永さん」は体格がよくて、茫洋としていた。柔道か剣道の選手だったかもしれない。

もし私がC組ではなくD組に入れられていたら、五年D組の中村稔がやって来て、私たちを監督したり、号令をかけたり、助けてくれたりしていた可能性があった、という気がする。もしそうなっていたら、「中村さん」は私の中にどんな記憶の痕跡を残しただろうか、これは大いに興味の湧くところである。

実際に、はじめて会ったのはそのときから二十数年もたった昭和四十五年ごろ、ずっと後になってからである。ただその代りにとでもいうように、中学一年のときすでに私は校内誌で中村稔の評論、詩、小説を読んでいた。だからその名前はそのときから頭に刻まれていた。本人よりも名前が先、人間よりも文章が先となったのだ。

府立五中は、東京の教育界ではよく知られていた伊藤長七が初代校長として校風の基礎を作った学校である。戦時下であっても「リベラル」な雰囲気を保っていて、背広の制服も外見の面で「リベラル」の一環をなしていた。卒業生の進路では学者が多いようで、文科より理科が優勢、自然科学者、医者が少なくなかった。自由業、編集者、アナウンサーも目立っていたかもしれない。そして「開拓」「創作」というのを学校のスローガンに掲げていた。その一つ「開拓」というのが、生徒の投稿と先生たちの寄稿から成る校内誌のタイトルで、これもたしか入学式のあと、私たち一年生は、前学年度の『開拓』を配付され、これではじめてこの中学の「内部」――「文化」――を覗き見たのだった。この『開拓』三十三号は、それが出たときまだ四年生だった中村稔の作品を三つも載せていた。いまその目次をずっと見ていっても、これほど作品がたくさん掲載になっている生徒は他にいないことが分る。

「語感と詩の鑑賞」（研究）
「水鳥」（詩）
「草の炎」（創作）

これがその号に出ていた中村稔作品のタイトルである。しかも「編輯後記」である最後のページには、九人の「編輯者」の名前が連記されていたが、その中にも「四D　中村稔」が見出された。ほかの八人がすべて最上級生の五年であるなかに、四年からたった一人加わっている。これには強い印象をうけた。

一昨年から足掛け三年、正味二十八カ月、『ユリイカ』に連載されてきた『私の昭和史』が、今年の六月に単行本として上梓された。四百ページを超え、はちきれるばかりの豊かな内容である。たいへんに興味津々、どのページも示唆的かつ刺激的だったが、私がそう感じたのは一つには府立五中・一高と私が先輩中村稔のあとから、ある程度同じようなコースを取ってきたためにちがいない。四年乃至三年の時差または学年差はずっとあったけれども、中学にせよ高校にせよ、『私の昭和史』に登場してくる人物たち、語られている学内や周辺の建物の配置、情景、気分の中で、私の知らなかった人や事柄ももちろん少くないが、「ああ、これはあの一劃だ」「そうか、あの人ではそんなことがあったのか」と思いながら、一種の既視感と時間の蘇りを同時に味わうこととなった。

それでいながら、前に記したように、中学でも高校でも一回も顔を合せていない。いつも何らかの形でのすれちがい、入れ替りが介在していた。たとえば五中ではこちらはC組、「中村さん」はD組と、アルファベット一字分の横ずれ。もちろん十代の少年の意識に即していえば、それよりも学年が一つでも違うことの方が大きな問題で、ことに下の方から上を見上げたときの上の高さのために、「これはとても到達できない」という気分に濃く染められることとなる。一年たてば皆いっしょに階段を一つあがり、二年になり三年になれることは分っていても、「上級生」という存在にはどうやってもこちらの手が届かないものがある、そんな予感か予測めいたものを私は感じていただろう。尤もそれは光の当てられる角度によって種々色合いが変化するものらしく、暗くなったり明るくなったりするのだが、私は「到達できないもの」に絶望・悲観して切歯したりするよりは、憧れを覚えることが多かった。憧れの中に漂っている仄めいた明るさの方が好きだった。

自分が生れるよりもずっと前の時代の作品だったら、そんな気分は生じなかった筈である。明治の文豪の小説、大正や昭和初年の詩歌などだったら、それはもう歴史上の作品であり、既成の言語であって、少年にとってはまず面白いか面白くないか、やさしいか難しいかという枠の中のものである。『開拓』三十三号の中村稔の作品はつい半年ほど前に活字になったばかりのものだった。中学受験を来春に控えて、小六の私が補習だの問題集との取組みだのに追われていたころ、私の知らないところで——その時期、どの中学を受験するかも、両親と私は決めていなかった——それらの言葉は生れつつあった。ふりかえれば、すぐそこだったのだ。はじめて『開拓』を読んで、私は時を隔てる透明なカーテンのために入ってゆくことはできないのだが、カーテンからたとえば十センチか二十センチしか離れていない向うのあたりで流動しているのが見えたそれに、憧れを感じたのである。僅かな時間差でしかないそこは、透明なカーテンのせいでかえってくっきりと見える、ということがあったのだ。

憧れというのはそうした状態で生じた私の心のなかの揺らぎだった。すぐれた作品や切実な関心を覚える人物の作品に対したとき、すばらしいと思う、やられたと思う、自分も出来たらこういうものを書きたいと思うなど、種々の感情が交錯するだろうが、それらのどれをもいくらか含みもちながら、どれにも決定的に傾いてゆかない未分化な感情の状態が存在しうる。そうした未分化なものが私の場合「憧れ」である。私は詩人たちに対してそういう感情をいだくことが多かった。小説家、批評家、ひいては学者の仕事にもそういう揺らぎが起ったことはあるが、何といっても第一には詩人にむかったときの思いだった。その原型が『開拓』三十三号の中村稔作品である。とはいえそこに載っていた研究、詩、創作の三作品のうちで、詩(「水鳥」)ではなくて、創作(「草の炎」)に一番惹かれたのは、どうしてだろう。詩人への憧れといいながら、少し変である。そこのところを顧みることによって、編集部から課された「中村稔の散文」というテーマへの入口をさぐること、これが私の願いである。

その前に一つ付記すると、五中のときは学年の差は四だったが、のち戦後になって私が一高に入学すると、三になっていた。そのこともはるか後になってから分ったのだが、ありようは戦後どさくさの間に、どういう加減か四年修了で受験して合格してしまったため、そうなったということである。しかも中村稔が東大法学部に進学して、一高の寄宿寮「国文学会」の部屋を去ったあとに、私は「この部屋がよさそうな気がする」という程度の気持で「国文学会」に入ったのだった。ちょうど入れ替りである。ただそのとき、文学好きが集っている部屋なのだろうと思ったばかりで、この部屋で何をやるのか、先輩や上級生には誰がいるのか全然知らなかった。中学で

D組とC組という具合にずれていたように、高校もこうしての入れ違いだった。

それだけではなく、五中の『開拓』で私の入学以前の中村稔作品を読んだのとそっくり同じことが、一高でまた生じた。『向陵時報』という学内新聞を私たち新入生は配付されたのである。それは入学以前に発行された号であり、その巻頭に載っていた中野徹雄の「汝は地に」という哲学的大論文に対して、学内のあちこちで畏怖の言葉が語られていたが、その号には中村稔の小説「龕燈更紗」も見出された。「汝は地に」もたしかにすごいが、私が「あ、また中村稔なんだ」であったのは言うまでもない。これは冒頭から結尾まで一回の改行もなく、完全に活字が連なって紙面の空隙ゼロの作品、なかなか頭に入ってこなかった(今読むと、難解ではなく、すらすらと頭に入ってくる。十六歳の私は新手法にとまどったのと、「一高」の圧迫感でよほど萎縮していたのだろう)。とはいえ、『開拓』で「草の炎」に逢い、『向陵時報』で「龕燈更紗」と二度「中村稔」に逢ったのだ。私にとってそのことは全くたしかな事実であり、不思議な暗合でもあった。

今日、「龕燈更紗」は現代詩文庫(思潮社)の『中村稔詩集』に、「初期習作から」として収録されている。さらに同書にのっている日高普の詩人論「中村稔の詩の周辺」によると、これは昭和二十二年、雑誌『世代』に発表されたものという。いま私は『向陵時報』が手もとになくて見ることができず、読みくらべられないので、判然としない部分もあるが、これは若き日の作者の自信作で愛着も大きかったため、『向陵時報』に載ったあと、『世代』に再掲となったのではなかろうか。経済学者日高普は一高国文学会、『世代』と一緒だった友人で、中村稔を最もよく知っている一人である。

以上で「中村稔の散文」の中に測鉛を下してゆくための基礎作業ないし準備作業はすんだように思う。中学時代の散文「草の炎」、高校時代の散文「龕燈更紗」、この二つはかなり異質な作品である上に、作者の年齢的成熟度にも差がある。だがそれらを通じて読み手は、結局のところ中村稔にはさまざまな面がある、少くとも二つ、全く別の特質があるという気持に導かれるだろう、基礎作業が済んだ段階で、私はそう考える。

以下に言うことは、その図式性において評論というものの常套、ないし通弊に染まっているのかもしれないが、私には「龕燈更紗」は、十四行詩またはそれに近い「詩形」への意識をいつも眠らさずに把持しつづけている中村稔の「詩」とどこか通底したものと見えるのに対して、「草の炎」は、ある一点においてはるか後の『私の昭和史』の未生以前の萌芽と言えなくはないという気がするのだ。そうやって補助線を引いて離れたものとものを結びつけたり、記号や数値に置き換えて解決をはかったりするのは、何かは解けても何かは取り落してしまう惧れがあるだろうと自覚しているが、これは第一着手なのだ、とにかく始めなければならないとの思いも本当である。

「龕燈更紗」と「詩」は、大づかみに言って中村稔の美意識と言語意識によって導かれるジャンルに属する、それに対して未生以前の「草の炎」と熟し切った『私の昭和史』は、中村稔の人間と人間観によって成り立ったもので、人間が存在するのに最も重要な契機となる人間関係とは何であるのかを明にも暗にも語り、かつ考察しようとした作品である、このような散文的総括を先行させてここに記しておきたい。
「龕燈更紗」は、海のかなたに北海道の突端がみえる喫茶店アリスで、「わたし」が不思議の国のアリスのように、過ぎ去った情景やいま過ぎてゆく人やものの片影を、たゆたげに思いめぐらせ、記憶と情感に沈湎するという流れで書かれている。それは終りなき流れであり、跡絶えることがない。

いつのころからか、わたしのこころを照らす龕燈は、それにもましてそこはかとないいろあいのなかに、はじきだされたいろいろをうつしだし、ときおりわたしのこころを揺さぶっては、その生みだすさまざまの翳をまさぐるようにたどらせる。そうしてわたしは薄明の露路を次から次へとみちびかれて、あらあらしい馬肉のような触感に、ゆくりなく幼時をさぐりだすのである。それら、わたし一夜のさすらいの記憶のはてには、おぼろにあかい行燈風にしつらえた遊女屋の軒燈とか、壁のはげかかった葉茶屋とかにつづいている。

長調・短調の連想を延長していうと、この調子は耽溺調・夢想調といいたいが、そんなアモルフなものをどこまでも均質な言語へと紡ぎつづけてゆくとき、ここには秘められた言語的意志が作動しているのだ、という感じが現れる。というよりも、言語とはそもそも意志的なものであるという言語観で書かれている中村稔の「詩」から、これまで私がたびたび受けとってきた直観に、この作品はいつしか近づき、平行するようなのだ。しかし、ここで、「たとえば」と言って、『無言歌』なり『羽虫の飛ぶ風景』なり『空の岸辺』なりから、数行、十数行を引いてくるのは主観的すぎるかもしれないと思っている。そこのところを充分に説得するだけの論理とレトリックを、私はもう身につけているとする自信はないのだ。だからそれは今後の課題としておいて、中村稔にはつねに、過去と現在、耽溺と夢想、風景と抒情、歴史と憂慮というふいくつかの複合的なモティーフを統括しようとする意志的な言語美学がはたらいてきた、この考えの提起だけはできたかと思う。

言語というなら、人間である。言語なくして人間なく、人間なくして言語なし。巻を措いて、『私の昭和史』が達成したものは何だろうと思いめぐらしているうち、やがて浮んで来たのは、これは散文言語として従来の著書をたしかに超えているが、それ以上に中村稔の人間論、人間観の書というべきであり、人間観察の書なのだ、ということだった。「昭和史」ではあるが、第一義的に昭和の「歴史」「時代」を描き、語ったものではない。渾身の力をこめた著作には自ずと作者の本質があらわれるという意味での人間観察者、人間凝視者がここに姿をあらわしていると見るのがいいと思われる。そしてくまなく観察されているのは誰よりも作者自身であり、次いで多数の友人・知人であり師であり、父母、祖父母である。この点でこれは人間論であっても、特に人間関係論というものになっている。人間関係を芯においた戦争終結時までの、年齢でいうと二十歳までの自伝である。

中村家が幕藩時代には埼玉農村の名主であり、のち大宮に移っても地元の有力者だったため、恵まれた幼少時代をおくったことがまず語られる。父は判事として津田左右吉の事件、尾崎秀実・ゾルゲ事件で予審調書を作成したことも述べられる（その父への息子の個人的・批判的心情も記されている）。祖父母は裕福であり、毎年四、五カ月信州などへ湯治に出掛け、中村稔も兄と共にそこで楽しい夏休みをすごしている。家の歴史、個人史だが、客観的叙述という感じも充分にする部分である。

幼少年時代の遊び、いたずら、幼稚園生活、読書（山中峯太郎、『コドモノクニ』などなど）、学校の授業や成績のこと、野球見物、怪我と、すべて鮮明詳細に記憶され、記述されているのに私は驚かされたが、『私の昭和史』からは、みごとな過去記述を真に支え活気を与えているのは、記憶力ではなくて「自己把握力」といったものではないか、という推測が得られる。それは生きてゆくためには、自分をしっかりと見つめ、自分の行動をあやまらないように注意すべきだということではない。生きてゆくためには自分と、自分のかかわる人びとのあいだが重要なのだ。一語でいえば「関係」と呼ぶことになる距離だか、差異だか、メディアだかが人間にはある。魚を手でつかむとぬらぬらするような具合に、人間には関係がまつわっている。『私の昭和史』は実に多くの人物の名が出てくる本だが、その人びとは登場人物というよりも関係人物と呼ぶのがふさわしい。血縁でもそうであり、友人知人も先生たちも、親疎の別はあっても、皆中村稔とのかかわりにおいて存在している。誰の場合もそれは同じことといわれそうだが、『私の昭和史』ほどひたぶるに距離、差異、メディアによって成長してゆく青年を描き出したものは少いだろう。

四年後輩の私も通った五中の部分から少し引用する。

じっさい、本郷、小石川育ちの少年たちはこましゃくれていて意地悪だった。その意地悪がじつは悪意のない、ごく表面的なからかいにすぎないことを知るには多少の時間がかかった。しかし、それまで私はずいぶんと傷つき、肩身の狭い思いをこらえねばならなかった。それが気にならなくなるころには、私の訛りもなくなっていた。

五中の先生についての記述の例を次に挙げよう。それは私たちの学年にとって大黒柱のようだった先生で、私と同期の粕谷一希の名も出ている。

真田先生は五中の卒業生だから、私たちの先輩であり、後には小石川高校の校長もなさった。私たちより四年ほど下級だった粕谷一希らはずいぶん真田先生に親近感をもっているが、私はそれほどの親近感をもっていない。ひたすら国文法を生徒にたたきこむといった授業であり、やはりすぐれた教育者にちがいなかったが、胸襟をひらいて語るという姿勢は感じられなかった。そうした姿勢は、あるいは時勢に対する配慮だったかもしれない。

文体としてみると、『私の昭和史』は、親密感も距離感も同一のトーンで表現しうる安定性、復元力をそなえた文章と感じられる。しだいに拡がってゆく距離も、どんどんと接近してくる関係も、人間のあいだである点においては等しく、それならば同じ文体、同じ感性で把握・表現できる筈だ。日常的ざっくばらんの文体、礼儀正しい社交の文体、それは外見は対照的だが、一つ共通しているのは、親しい相手は親しげに描き、疎遠な人間はそっけなく描くことである。『私の昭和史』の文体はそのどちらとも異なっているという点が重要だと思う。だがそれは彼の文体的仮面というものではないだろう。

ここで、中村稔は詩人であるのと共に特許関係を専門とする弁護士でもあるという事実が念頭に浮ぶ。そこからさらに、すぐれた医者、優秀な弁護士が重要な職務を遂行するときの表情、発語、姿勢ということへと思いが及ぶのである。能力とヒューマニティを兼ねそなえた医者は、病いの重篤な患者やその家族の前で表情を動かさず、いささかも感情のゆらめきを洩らさずに診察し、質問に答え、励ましの声をかける。それが第三者の眼にはいかにもクールで、職業的と見えたとしても、それで患者や家族が何かほっとして、心に小さな灯がともったように感ずるということがありうる。「死」と名医の人間性とが辛うじて一瞬だけ釣り合うという危機的なことが起りうるのだ。

弁護士と依頼人のあいだにも同様の状況が見出されるだろう。五十年に及ぶキャリアを通じて、そのことを中村稔は会得している。感情の不規則的な傾斜、落差というものは「法」には存在しない。それにしても「法」の道に入ったのちにその状態が定立されたのではなく、「法」に先駆けて少年の生活と成長の中でそれが験され、磨かれていったのではないか――こういう想像が『私の昭和史』から湧き出してくる。これは「人間関係の書」だと前に言ったのは、そのことにかかわっているのだが、紙数の都合もあってそこは若干省筆せざるをえない。ただこの書にあって、人間関係を代表しているのは友人関係であるということを記して結びとしたい。

『私の昭和史』は「友情の昭和史」と言い換えることもできよう。友情以外の人間関係を軽視するつもりはないが、この昭和史の書の特徴的な部分が友情で占められていることは否めない。五中から一高にかけて数え切れないほどの友人たちが「昭和史」の扉をひっきりなしに開けて出入りしたのだった。単なる級友もいたが、正岡子規『筆まかせ』の一節を借りていえば、それは高友、畏友、厳友、剛友、温友たちだった。子規の場合、畏友は夏目金之助、厳友は菊池謙二郎、剛友は秋山真之だが、亡友も子規は挙げている。『私の昭和史』にいたって、ますます忘れてならない存在として、亡友が数多く現れる。読み手として胸を衝かれるのは、それら亡友の一半はまだ青年の齢で自然・尋常ではない死によって向うの世界にさらわれていったことであり、またのこりの一半は人生の盛りの時期や世のつとめを果しおえたあとで、やはり突然の終りを迎えていることである。中村稔はしかし淡々と、ぶれのない文体で亡友たちをも語ってゆき、切ない、心が痛む、懐しいと二言三言必ず書きつけている。そこに私は、すぐれた医者や弁護士にみられる高度な抑制に通ずるものを感じるのである。

今日、心の触れあい、安らぎ、癒しといったものがしきりに求められている。こういうものを求める人間像と『私の昭和史』での友人像とは相当にかけはなれている。少なくとも、かつての志をもった青年たちの友情は甘やかなものでも無抵抗なものでもありえなかった。そこには親愛や相互畏敬と同じレヴェルで競争、対立、摩擦も存在していて、それらのすべてを浴び、すべてを潜ることが友人関係の成立を意味していた。『私の昭和史』は友情の書であるが、友情の交歓で行きどまりになるのではなく、底は深い。測鉛はどこまでも深く降りてゆく。

言い忘れた形になってしまったが、五中時代の創作「草の炎」は、今回『私の昭和史』が完成してみると、中村稔の友情物語の最初の素朴な芽だったことが分ってくる。ただし作品の主題が友情であるというふうにはいえない。この作品には、フランス人である母が結核で死んだ混血児の青年麻生と「自分」とが登場する。麻生は母の死からだけでなく、第二次世界大戦の勃発からも衝撃をうけている。二人は高原で対話をする。母のこと、文学のこと、生き方について……。麻生自身もサナトリウムで治療をうけなければならなくなるが、それをきっかけに「新しい生命」への方向が暗示される――。

『私の昭和史』によると、当時芹沢光治良、堀辰雄を読んでこの作品を「夢想した」という。たしかにいかにも稚いところは多い。「龕燈更紗」が習作なら、これは習作以前である。それでも、二つのことは事実として動かせないし、ここに書いておく意味はあろう。一つは中学一年の私が読んで、他のどんな作品よりもこれに惹かれたということであり、第二には――これが重要なことだが――中学四年の中村稔が夢みたであろう人間関係――友情――の原型がここにあったということである。

# その風土と世界性――前登志夫

以前『樹下集』（小沢書店）を刊行後まもなく読んだとき、少なからず関心をそそられたのだったが、それはなぜだろうというところまで踏みこんで考えることはできなかった。今回また『樹下集』の頁を繰ってゆくうち、いつとはなくそこが少し分ったような気になった。前登志夫氏がはじめ詩を書いていたことは知られている。ただしあいにくなことには、私はその詩を読んでいないのだが、『山河慟哭』『存在の秋』といった詩論・エッセイ集その他から、推測・想像はできる。『樹下集』が私を惹きつけたのは、リルケ、ホフマンスタールなどドイツ近代詩をいくらか読んでいた私の心にとって共振をおこしやすい何かが、かつての詩人の短歌にこめられていたからだろうと思われる。

『樹下集』では、「盡十方（じんじゅっぽう）」連作の中に「かぎりなく落ちつづけゐる大空のかなたの落葉みずかなりなむ」という作があるが、私はふとリルケの『形象詩集』にある「秋」という詩を思い出した。「諸天のさなか　遥かな苑が枯れたかのように／葉は落ちる　否定の身振りで」という個所はよく知られていよう。また「越中行」連作の「ちんぐるまその花原をさびしめば連嶺（れんれい）の立つ眞夏の空」では、「連嶺」が前氏のよく挙げる（たとえば『山河慟哭』所収の「詩の自由・歌の自由」など)伊東静雄の作品「曠野の歌」を連想させた。その詩の冒頭は「わが死せむ美しき日のために／連嶺の夢想よ！　汝が白雪を／消さずあれ」というのだった。

あるいは「はだれ」連作最初の歌、「めぐりみなはだれの山となりにけり宥されぬ樹もしんと立つなり」の場合、「宥されぬ樹」が謎めいているが、これは想像や解釈を封殺してしまう謎ではなく、むしろしきりと想像を誘うような核になっている。そうした堅さを中枢部に内蔵してこの「しんと立つ」樹は、リルケ『オルフォイスによせるソネット』の最初の一篇「そこに樹が立っていた。おお純粋な超越！」にひびき合う感じがする。

以上の感想は私の主観的な連想に基づくものだとしても、若き日に内外の詩人を読み耽った前氏の今日の作品中に、それら先人の影響や痕跡や、時には「引用」があらわれていることは重要である、と思う。私はそれらを現象的に観察して言っているわけではない。短歌に止らず、およそ何らかの様式性によって立つ表現行為にあっては、影響や「引用」は本質的であり、いわば現象としてあらわれたそれらをいかに本質たらしめるかに問題のかなめがあるというふうに了解してきた。私にとって前氏の短歌はこのことを考える上でのよき材料である。よき伴侶になりそうだ、と言うべきかもしれない。

着手点を少し移動してみる。『樹下集』を読み了えて目を瞑り、どんな映像や用語が浮かんでくるだろうかと思っていたら、すぐに「垂直」「斜面」「ひかり」……と出てきた。「闇」もあったが、「ひかり」が圧倒的という印象は変らなかった。瞼のうらに何か明るい光彩が揺れているような感じが止まないのである。不思議にも思えるし、何ら不思議ではない、という気分にもみたされる。巻頭の歌にもそれがある。ただしそれは吉野ではない。題詞の中には「信州飯綱高原ホテル「アルカディア」にて」とある。

つつしみて魂（たま）寄り合へばたかはらの風光るなり萩ひとむらに（「晩夏」連作より）

ここでは動詞「光る」だが、しかし巻中に多いのは「ひかり」と平仮名表記した名詞の形で、それは幾度も、さまざまな情景や局面にさしかけている。

山の秀（ほ）に冬のひかりの渦巻けるさぶしき晝を家族（うから）ひそけし（「入日の渦」連作より）

戰爭の日に見たりけるシリウスの大きひかりをふたたびは見ず（「瑠璃光」連作より）

朝まだき虹立ちにけり杉山に金のひかりの射せるひととき（「銀河系」連作より）

盡十方にひかりぞたぎつ樫の木の幹おりてくるくはがた黑し（「ひかりの微塵」連作より）

若葉して山のきりぎしゆさゆさとひかりを返すたのしきごとく（「猛きことばを」連作より）

これら「ひかり」は、前氏の「風土と世界性」を問うために唯一絶好のものでは必ずしもないかもしれない。しかしこれら「ひかり」は氏の「宇宙感覚」を自ずと燦めかせているわけだから、いわば光線がさしこんでくるように宇宙の方から吉野という風土へと到達することは可能なのではないか。「光」と「ひかり」とではどう違うのだろう。前登志夫の詩的語感の中では、おそらく宇宙に遍在し、かぎりなく分割されて微塵のようになっているそれのイメージは「光」であるよりも「ひかり」であるのだろうと推測される。この語感は「山の秀に冬のひかりの渦巻ける」や「盡十方にひかりぞたぎつ」ではきわめて明瞭に受けとれるものだ。それはどこまでも続くはてのない渦流や奔流で、一種の無窮動の状態というふうにもいえるかもしれない。すべては生動しゆらめいているが、固定的・確定的なものは消滅しているのである。

「光」ならば光明であり、明るい。しかし「ひかり」は明るくもあり、明るくないのでもあるのではなかろうか。明るくて暗いという場合もある筈だ。大気圏外からこの地球を撮った写真をみたとき、暗い黒々とした宇宙空間の中に、明暗の不規則的な模様をうかべた大きな球体が浮んでいる印象は強烈だった。ひとつの連想にすぎないにしても、宇宙感覚の中で「ひかり」を思い、「ひかり」に身をゆだねていると、明であり暗であるような、光がそのまま翳りであるような場所に気付かされるのである。前氏の「ひかり」の世界に、私はそういうものを感じた。「山の秀に」の一首で、渦巻いている「ひかり」のはるかな底には、屋根に蔽われた小さな暗箱の中に家族がひっそりと生きている。現実にはその箱の中でCDのドヴォルザークが野太く鳴っていても、子供たちが跳ねまわっていても、「ひかり」との対比でしんしんと静まっていると表象することができそうである。また「盡十方にひかりぞたぎつ」では、樫の幹を這い降りてくる「くはがた」の「黒」も「ひかり」をうけて「黒」なのではなかろうか。

さらに「戰争の日に見たりけるシリウスの」という詠について、この「大きひかり」は何かという問いは充分意味をもつだろう。巨大な空爆と炎上、空中戦、原子爆弾といった何かなのだろうか。しかしここではそうした現実還元よりも、戦争という異常・緊急事態の反日常性、超日常性を暗示しつつシリウス星をめぐる大きな渦流が感じとられている。「ひかり」は日常を焼きつくすということかもしれない。だが遠望すれば焼き払われてしまったかにみえても、依然としてそこにそれは在るのだ。在ることの予感をかすかに漂わせて、降ってくる「光線」のように、幹を降りてくる「くはがた」のように、「垂直」が読みとられている。また「垂直」からの回転として「斜面」も出現してくる。

垂直に樹液はのぼれ山びとの歌詠むこころ血のみなかみぞ（「猿田彦」連作より）

ひかり湧く春の杉山まひるまの斜面にむきて血はめぐるなり（「虹のごと」連作より）

ひるがへる山の若葉を日もすがら風わたる見ゆさびしき斜面（「夏草」連作より）

「垂直」に降りてくるのが「ひかり」であるとすれば、樹液となって「垂直」に昇りつめてゆくのは、山人の歌である。歌の言葉、歌のこころが「垂直」に昇ってゆくのだ、とも考えられる。昇ってゆく勢いの中に「血」を感ずるというなら、「血」は山がちの風土の諸所に畳みこまれて出現したり隠れたりしている「斜面」に対したときにも、きびしく、荒々しく湧きたつ。だがこの渦流・奔流に乗って「斜面」のさびしさを感ずるというのも納得のゆく心地がする。もちろん、その風土には「ひかり」のコントラストとしての「闇」も存在している。ただこれは、現実のレヴェルに還元して深山幽谷的な幽暗として思い描きうるレヴェルをもつとしても、帰するところは前氏の精神風土としての「闇」の部分というふうに理解しなければならないだろう。

大歳（おほとし）の夜の篝火焚くわれにふるさとの闇ますぐにぞ立つ（「水の上」連作より）

槇山に月出でくれば闇を打つよだかの聲はやや高まりぬ（「雨師」連作より）

次の二作のように、天と地とで明暗の反転が見出されているのも、前登志夫の精神的ドラマの景として受け取りたくなる。

まつくらな山上の道のぼりゆかば太虚（おほぞら）の底つね明るむや（「山上の闇」連作より）

よみがへりよみがへり來（こ）し人間のいのちを思へ山上の闇（「山上の闇」連作より）

「ひかり」が上方からまっすぐに落ちてくるのと対照的に、よみがえりを繰りかえす何ものかは天上を目指している。それが「いのち」であり、ひいては「歌」である。無限の流動と持続の中で軸線は不可測的に回転し、さまざまな幻景やパースペクティヴを招き寄せる。地上の眺めが歴史と自然をうけてはてもなく変化し分化してゆくように、彼方の「ひかり」や「闇」にも同様のことが起っている、とは私がこれらの短歌から読みとりえたと思ったものである。前登志夫の風土に「世界性」を認めるのは、私としては以上のような読みを通じてなのだが、しかし最後に山人前登志夫がそのうつしみにおいて生きている「吉野」という歴史的風土、あるいは歴史地理的風土も存在することにも言及しなければならない。

前氏はエッセイも興味ぶかく、『吉野鳥雲抄』『吉野風日抄』は楽しかった。これとは別に短篇連作ふうにまるみをつけて語りかつ描き出された『森の時間』の印象もくっきりと刻まれている。これらは氏の短歌が基盤をなして成った作品ではあるが、呼吸や気配において短歌とはどこか違ったものが流れているようである。すでに言ったように、短歌に対してこちらは、「吉野」という歴史的風土のもろもろの時間・慣習・起臥の展開であり、すでに他界した旧き世代の人々をも含めて、となりびと、むらびとの世界である。そのことを思うと、一枚の折紙を鋏で切ってゆくと、環つなぎの模様図形があらわれるように、前登志夫の世界はいくつもの切り口によって円環状につながれ結ばれながら、精神風土から歴史風土までの多次元空間の中で、「ひかり」の揺蕩をつづけていると見えてくる。

# 大原富枝頌

一九九五年から九六年にかけて全八巻が刊行されて完結した『大原富枝全集』(小沢書店)に、私は全巻解説を書いた。解説といっても本巻に載ったのではなく、各巻に挟みこまれている月報に「大原富枝の文学」という題で連載したのである。大原さんの多くのすぐれた作品の中から、著者自らが更に選りすぐったのがこの全集で、新しい読者がこの作家により近づけるようにするには何か工夫が必要だ、という版元の意向を尤もだと私も思った。

それまで大原さんの作品を幅広く読んできたとはいえないので、荷は重かったが、肚(はら)をきめて引受けた。大仕事だったけれども、いま振り返って、引受けて本当によかったと感じている。私は自分の評論生活の中で、大原富枝という作家を発見できたのだ。それだけに止まらず、女流作家のありようについても新しい理解が得られたと思っている。解説の中にそうした考えを盛りこんだのだったが、やや気負ったのだろうか、大上段からの文学論のスタイルで毎回書いていた。

月報というのはその作家の人柄をスケッチしたり、その作家との交遊を明るく語るものだろう。私はまだ大原さんにお会いしたことがなかったから、そういうふうには書けない。だから、人ではなく、文学を語るほかはなかった。しかし全集がめでたく完成した後、私は二度大原さんに会う機会があった。最初は全集完結をお祝いする会、二度目は大原さんが日本芸術院賞を受けた日である。ようやくこれで私も、大原さんの人柄や印象に触れながら、もう一度大原文学の独自性を讃えることができるようになった。

前から半ば無意識に感付いてはいたのだが、全集が揃ってはっきり分かったのは、大原さんの口絵写真に見かける自然な、いい感じの笑顔である。こうした気取りのないほほえみを見せられる人は女流作家の中でも少いのではなかろうか。全集は八巻だから口絵も八枚、そのうち六枚までがいい笑顔なのだった。見ていて楽しい。

『婉という女』執筆のころ、という一枚がある。多分一九五七年、四十代半ばだ。万年筆を握って座卓に倚(よりかか)っているその顔は女学生のように輝いている。愛犬三郎と散歩している一枚がある。眼は三郎の首のあたりに向かいながら、表情全体に笑みがこぼれている。『建礼門院右京大夫』執筆のころの一枚、ここからは脂の乗った作家の自信にみちた笑顔が咲き出ている。イタリアのコモ湖で、熊本の取材先で、軽井沢で、どの写真にも笑顔のいい大原さんがいる。本当の大原さんがいる。

自分の仏頂面に気付いている私は、心を和やかにしてくれる笑顔にはとても打たれる人間である。笑顔なら何でもいいのではない。女優さんの笑顔、商人の笑顔、悪くはないが、それらに打たれる所まではいかない。子供の笑顔、これはいい。でも、無邪気すぎるときもあると思う私は、神経と知力への負担が苛酷な文筆活動のさなかでも大原さんが見せるすばらしい表情に、驚き打たれるのだ。打たれて、讃えずにはいられないのである。

しかし私は、笑顔を讃えるだけの目的でこれを書いているわけではない。本当に言いたかったのは次のことである。大原作品の主だった登場人物たちは、みな、余りにも苛烈な「道理」を超えているとしか言えない悲運に際会し、運命による圧迫に堪えて生きた人物ばかりである。『婉という女』の野中婉がその原型で、以後『於雪』でも『アブラハムの幕舎』でも『地上を旅する者』でも『忍びてゆかな』でも、同じ俤（おもかげ）が読まれる。悲劇的である。

ただこの悲劇は、人間に人間を超えるものを予感させるように出現してくる。一口にいって、そうした重い精神性と、作者大原さんのあのすばらしい笑顔の対照に私は打たれるということなのである。この対照の中には、曰く言いがたい本質的なものがある。本質は自然であり、かつまた超越的である、そんなことを思う。

# 父祖の地に生きた「原日本人」——尾崎一雄

いまだに信じられない気持ちなのが尾崎一雄氏の急逝である。これは私一人だけの思いではなく、作品を通じて尾崎氏を知っている人なら誰もがそう思うにちがいない。それくらい年齢を感じさせない機敏な精神の活力と、父祖の地に根生いして生きている安らかさはみごとだった。今日、これくらい自然と伝統の中で無理なく、それでいて気ままに生きてきた作家はいないだろう。尾崎氏が師と仰いだ志賀直哉の八十八という齢は苦もなく達成されるだろう、と私は思っていた。

三月五日、お宅に伺ったときも元気そのもので、二時間あまり楽しくお喋りをしてきた。まだそれから一カ月とはたっていない。その日、書斎の窓の前に見える白梅の木をさして、これはアオジクという種類で、花の色が青みがかっているだろう、と教えて下さったり、最近入手したという志賀直哉編『座右宝』や小島烏水の『浮世絵と風景画』の美本を得意そうに見せて下さったりする様子は若々しいとさえいえた。

四季を通じて、自然の微妙であると共にはげしい変化に精通している一方、無類の本好きで、これぞという相手と本の話をやりだすと何時間も夢中になってしまう、そういう自然と書物のあいだの悠々自適は、よき時代の文士の理想的生活をみごとに実現していた。そこにはまた客を喜び、歓談で人を心からもてなすという開かれた明るい気風があって、そこが多くのファンをも惹きつけてきた。私もお宅に伺ったのは二回にすぎないが、たちまち尾崎氏の飾りけのない快活なお喋りの中に捲きこまれてしまうという楽しさを味わったのである。

文学史や文学辞典の記述でいうと、尾崎一雄は志賀直哉に師事し、師譲りの私小説、心境小説の代表的作家ということになる。たしかにそれは文学的常識である。しかし私は、尾崎氏の本当に独自なところはそういう定義だけでは捉えられないと思っている。その作品が私小説、心境小説という形をとったのはいわば結果であり、そこに達するまでのこの作家のさまざまな遍歴、思考や生活のくりかえしと積み重ねの中に文学があり、文学精神があった。そういう意味で尾崎氏は、日々これ文学という人にほかならなかったと言えるだろう。その文学とは、近代、文学者が必ず突き当たる「私」なるものを、日本的な自然と伝統の中で自らが生きることによって、再生させるというものであった。

尾崎氏は今では小田原市に属しているが、小田原の東北、曽我山の麓にある宗我神社の前に、数百年前から居住していた旧家の出である。祖父の代まで代々宗我神社の神主をしていた尾崎氏には、神道的な死生観が観念としてではなく父祖の血をうけた形で身についていた。その上、早稲田の学生時代からの約二十年間を別とすれば、生涯のほとんどを父祖代々の土地にすごしている。だから根なし草の都会生活とか外国直輸入の新思想とかに、かぶれることの最も少なかった原日本人的な特質がその作品にも生活にもありありと見えていた。

柳田国男の言うように、日本人は祖先をうやまい、父祖の地という場所に父祖のたましいが生きていることを信ずる民族であるとすれば、尾崎一雄は作家であるより以前に、最も日本人的な日本人として生きる条件を与えられていた。そして東京での遍歴時代をおえて帰郷してからは、その条件を完全に生かし切ったといえよう。

父祖の地で、父祖のものの考え方、生き方を継承して生きる、こういう羨ましいような日々をもちえたから尾崎一雄は独自な私小説作家、心境小説作家なのであって、その逆ではない。大病をした後、長い療養時代がつづいたが、それを乗り切ったのも自然と伝統への根ざしの深さがあればこそである。文学的な「私」は自然や父祖と共に生き死にしているのであって、たとえそれが「無」、つまり「無私」と表象されたとしても、そこには暗さや自虐はない。そういう神道的な悟りの感じは『虫のいろいろ』『まぼろしの記』『夢蝶』をはじめ、多くの作品に自然に漂っている。

尾崎氏には原日本人的な根があったから、あの志賀直哉への無類の信従が可能だったのだ、というふうに私は考えている。この二人は素質、傾向の点でずいぶん違う面もあったのだが、それを超えて結びついたのは、尾崎氏の内なる「無私」が、志賀直哉の前でこれを開いたということだっただろう。さまざまな文学潮流が新奇を競うなかで、古いといわれようと、狭いといわれようと、自分は志賀直哉の弟子だと敢然と胸を張って屈しなかった尾崎氏は、もしかすると日本一の弟子だったかもしれない。八十歳をすぎてもその気持ちの純なることに変わりはなかった。

私がお訪ねした日も「志賀先生」の話がいろいろ出た。そして整然と書棚に並ぶ志賀直哉全集を指さしながら、「先生」の全集を二組揃えていて、一組は線を引いたりもする読書用、一組は大切に保存用にしているのだと話す尾崎氏の顔に、私は師への敬愛と本好きの情熱とが一つに重なり合っているのを見る思いがした。

# ニヒルとは無縁な「文学の魂」——後藤明生

小説家にもタイプがあって、小説しか書かない人と、小説を書く以外に「小説とは何か」について明確な意見をもち、それをよく書いたり語ったりする人とがいる。後藤明生さんは典型的な後者に属していた。これくらい小説というジャンル、小説家という存在に自信を抱き、自負する所が大であった人は少なかっただろう。小説作品に劣らないくらい、文学論、文学エッセイが多かった。『小説——いかに読み、いかに書くか』『笑いの方法』『ドストエフスキーのペテルブルグ』『カフカの迷宮——悪夢の方法』は自信作であり、学生にもそれらの中で述べられた文学論・文学観を熱心に説いていた。後藤さんに呼ばれて近畿大学文芸学部にゆき、四年間大学院生を教えた私は、いわば文学教育現場での後藤さんを実見、実感することができた。

けれども不思議な気もする。たぶん今から十年ほど前、近畿大学教授に就任するまでの後藤さんは、大学とか教育とかにほとんど縁がなく、ひたぶるに小説を書き、小説論を書く「文学の魂」のような存在だったからだ。「書くこと／読むこと」の構造性に取り憑かれていたのが後藤明生という一つの「文学の魂」にほかならなかった。これは百パーセント小説の人と言っても間違いなかっただろう。

カフカの不条理とゴーゴリの笑いを身につけ、関係性のゆがみ、確実性の瓦解を後藤さんは書き続けた。『挟み撃ち』『夢かたり』『吉野大夫』『首塚の上のアドバルーン』、そして最後の小説集『しんとく問答』とその文学観は貫徹され、方法論にはいささかのゆらぎもなかった。この意味では一般文学ファンを喜ばせるような側面はみごとに捨て去って、ただプロのために作品が書かれていたという印象がつよく浮んでくる。プロ中のプロといって過言ではないと思う。

だから近畿大学赴任は大きな転換だった。もしくは展開だった。誰もが、後藤さん自身もたぶん予想しなかったような、大学人としての実務能力が次々と発揮された。学部長として、厄介な官庁との折衝を乗り切って大学院開設を実現させ、作家を次々教壇に招いて、「文学と大学」の新しいモデルを作り出すかに見えた。大学以外でも、文芸誌の新人賞の選考委員を熱心につとめてきた。

このように見てきて、後藤さんには隠れた資質、本質として「実」が存在していたのではないか——こんな思いに私はいまとらえられている。まさかと思われるかもしれないが、あれだけ不条理と謎を語り、笑いと楕円イメージに取り憑かれた作家だったとはいえ、後藤明生には「虚」とか「虚無」といった要素はなかったという気がするからである。

存在には「実」がある、だからこそこの人間的時空間の中で、「実」はとめどなく流動し変幻してゆくことを止めないのだ。『しんとく問答』などを思い出してみると、後藤さんにはニヒルの影はどこにも差していなかったという感想がおのずと湧いてくる。

# 孤独な思索的散歩を楽しむ詩人——田久保英夫

田久保さんの死は急なことであったらしい。最初に知らせてくれた文芸誌編集長によれば、ある文学賞の選考会に出席するために作品を読んでいたし、電話での声も普段と変わりがなかったという。さぞ無念であっただろう。

しかし作家の生死、宿命ということを考えさせられる。田久保さんのエッセー集に『不意の視野』という本があった。その題のエッセーは短いものだが、子供のころ見た原風景が突然、不意によみがえってくることを語っていた。本質的なこと、重大なことはすべて不意に出現する、こういう思いが田久保さんの中にずっとあったのだ。

最も新しい短編集『木霊集』は、田久保さんのベスト・スリーに入れていいのではないかと思うが、収められている七編のうちの四つまでが、突然の不本意な死をモチーフとしたものなのだ。たとえば「レイシーの実」はヨット仲間の遭難という事件があって、残された仲間が慰霊の帆走をすることを描いていたし、「白光の森」には死んだ旧友の娘が訪ねてきて、父が貸したドイツ製の「瑠璃杯(るり)」はどうしたでしょうかと問う場面が出てくる。やがてそれは藍色(あいいろ)のガラス破片となって発見されるのだが、ガラス破片からは死の先取りのような反復のような何かが感じられた。

このように田久保さんの人間認識の中には、不意の死というものが根を下ろしていて、それが作品に透きとおった内面性をもたらしていた。突然の逝去は、田久保さんの人生が文学に殉じたということだ、そう言うほかはない。

慶應の仏文科に学び、詩を作っていた。『三田文学』の編集をしていた。自ら営む旗亭は若い芸術家やその卵のたまり場になっていた。ただ私はそのころのことは知らない。一九七〇年代、文芸誌の合評会などで会ったころの田久保さんは、純粋一途な人だった。情緒や感傷をみごとに拭い去って、抒情性を内面化することに憑かれた作家になっていた。

短編の名手という定評は、私もその通りと感ずるが、器用とか軽妙とかいうのではなくて、「都雅(とが)な不器用さ」といった新しい質を生み出していた。しかしぎごちないのでも重苦しいのでもなく、孤独な清虚の感じを私はよく受けたものである。エッセーの中で田久保さんはいつも、孤独な思索的散歩を楽しむ詩人だった。徒歩、自転車、車、ヨット、これからは文章を通じてその姿を偲ぶしかない。

# 言語空間に現れ出たイデア――辻 邦生

辻邦生さんとの縁は、いまふりかえってみて、いつも淡々としていたと思うが、しかしそれはつねに明るい色合いを帯びて、快いものだったという気がつよくしてくる。最初に出会ったのがいつ、どこでだったのかはっきりしないものの、谷崎賞のパーティー会場で突然出会って話をしたようだという記憶がうかぶ。かなり以前のことで、『背教者ユリアヌス』が刊行されてから少し後ぐらいの頃だった。

文芸評論家は小説作品を論ずるのが主たる仕事と思われているが、必ずしもそうとばかりは言えない。私は最初の著書が『批評の精神』であったように、小説よりも実は評論、批評の方に関心があった。だから同世代のフランス文学者では菅野昭正、清水徹、平岡篤頼、粟津則雄といった人々のものをよく読んだが、辻さんの小説はある時期まではあまり読まなかった。

最初に接したのが『背教者ユリアヌス』だったのは、私にとってたいそう幸いだったと思う。『廻廊にて』『夏の砦』『安土往還記』『嵯峨野明月記』は、そのあとで読み、これでいっぺんに私の中にも「辻邦生」のイメージが築かれたのだった。どれも清新で気品があり、匂やかな物語世界の魅力にみたされた作品だった。辻さんは小説を書き出すのがやや遅かったらしいが、書きはじめればもう初めから高い完成度に達していた、そんな羨しいようなタイプの人だった。

一九七〇年前後というと大学紛争が方々で一斉に起ったのがおさまりかけた頃だが、辻さんは立教大学のフランス文学科で助教授か教授をしており、非常勤講師でドイツ語の授業に行っていた私は、二度か三度、少しはなれた距離から辻さんの姿を見かけたものだった。蔦のからんだ本館から五号館という大きな校舎に移動するため、大勢が正門前で信号待ちをしている、その人ごみの中にも辻さんがいた。一人でいるのではなく、辻先生を尊敬する女子学生、辻文学を愛読するファンの女子学生がたいていいそばにいるように見えた。私の記憶の中で、それは明るいスポットを形づくっている。

『背教者ユリアヌス』の長い書評を『すばる』に発表したとき、私は「現前するイデアを求めて」と題したが、辻さんの作品はことごとくが、言語空間に「イデア」を現出させるという、壮麗な言語遊戯の理想主義の特性をになっていたと思う。この特性は、自然主義を代表的な相貌としてもった日本文壇とは、あるいは日本文壇文学とは顕著に異質なものと言いえただろう。ある雑誌で私が新刊書を自由に論評する欄を引き受けたとき、辻さんの『春の戴冠』を取り上げたことがある。すると、自由に論じてほしいという話だったのに、ちょっとした抵抗にあった。「どうですかね、それ。(取り上げなくても)いいんじゃありませんか」と言われた。私は自説を引っ込めなかったけれども、辻さんの創作活動が決して気楽な道の上にはないことを実感したものである。

それだけでなく、西欧派の中でも辻邦生の孤独ないし特異性は疑えなかった気がする。近代以後に止まらず、信長・秀吉の当時から、西欧とは帰するところキリスト教であった。それを一般化していえば、日本人は西欧によって宗教なるものに直面してきた。近・現代文学に限ってみても、結局中心問題は「キリスト教とは何か」なのである。この本質において辻さんの精神は歴然と他とは角度や感触を異にしている。

作者としての辻邦生その人にも、作品の主だった登場人物たちにも、慎しみをもった内面性が感じられる。この内面性はどこか宗教的人間の気配に通じている。それでいながら、辻邦生も登場人物たちも実は宗教人ではないのだ。修道士、修道女が描かれた場合でも、そういうところがあった。このことを早い段階から辻さんは自覚していただろう、と私は想像している。

三、四年前に私は新潮文庫で『銀杏散りやまず』の解説を書き、今年は同じく『西行花伝』の解説をした。どちらも作家辻邦生が、この自分とは何なのか、自分が言葉を発し、歌をつくるとは何なのかという問いかけを中に深くくぐらせた作品だった。私の書いたどちらの解説も、辻さんに喜んでもらえたと知ったのが、今となってはわずかな慰めである。

# 「完璧」という質――永井龍男

十月十二日、永井龍男氏長逝の夜、私のところでも電話が鳴って、結局充分な準備もできないまま怱卒の間に新聞の追悼文を三枚、書かなければならなかった。そうした状態では意を尽せなかったことが種々ある。頭の中に浮び出ては来ても、とうていすべてを書くのは不可能だ。そのとき書けなかったことを含めて、私としては再度永井さんを思い出して考えてみたい。

文学者は一人一人が個性の塊だから、独自性を見出してゆかねばならないが、そのためにも他の文学者との対比・対照が有意義とも言えるわけで、この意味から私は「永井龍男」と「尾崎一雄」の対照に興味をおぼえてきた人間だったといえる。どちらも代表的な短篇作家であるが、尾崎さんの本領が私小説であるのに対して永井さんははっきりと私小説ではなかった。この対比が面白かった。それでいて私には、永井さんの年少の頃から文学青年時代、『文藝春秋』で切れ者だった編集者時代、戦後の文筆時代のそれぞれをかなり知っているような気分があるのは、「雑文」と総称していた随筆・エッセイ、回想文が沢山書かれているからである。

永井さんは文体も雰囲気も端正な人で、ちょっと近付きにくかった。子供の頃のことを語っても、現在の日常身辺を描いても、どこか距離を設けてきりりと締めてあるという印象がつねに漂うのが特徴で、そこからこれは私小説作家というのではなく、一線を越えそうでいて、微妙に越えない作家と見做されることとなる。これに対して一見無造作で気さくだったのが尾崎さんで、その好対照ぶりを含めて、今では二人とも懐しい存在になってしまった。尾崎さんのお宅には二度お邪魔しているが、永井さんとはたしか野間賞のパーティでお会いした一度きりである。『群像』の昭和四十八年十二月号に、私は「永井龍男論——感情の凝視者——」というのを載せているので、それはたぶん昭和四十八年暮のことだった。パーティ会場などであったとはいえ、一期一会と思っている。

都会と田舎の対比軸で考えると、永井さんは勿論前者に属し、東京神田猿楽町の生れである。生粋の東京人である。住んでいる家は隣近所と境を接して狭くても、窓の桟一本一本がきれいに艶拭きされているというのがかつての東京下町のイメージだった。それを生活だけでなく文章法まで拡げて、彫琢の問題と考えると、自ずとあの彫心鏤骨の文体に通じている。鍛えられた文章とはどういうものかと訊かれたら、私は真先に「永井龍男の文章」と答えることができる。

文章への集中心は小学生の時にはじまっていたので、これはやはり都会地ならではのことだったと考えたい。年譜によると、神田区錦華小学校三年から上島金太郎という先生が担任訓導となり、この先生から国語、綴方教育で熱心な指導をうけたという。さらに「以来十数年にわたり物心両面の指導をうける」ともあって、これが永井さんにとり稀なる幸運であったようだ。幸運をよく生かすだけの天分が秘められていたのである。

『永井龍男全集』第九巻の月報に小学生時代の「綴方」が二つ掲載されている。五年生の時の

「此の頃」、六年生の時の「桜の咲く頃」で、うますぎる位うまい。時代はちょうど明治時代の「一瓢を携へて墨堤に遊ぶ」式と、大正半ばからの『赤い鳥』運動のはざまに当っていたが、そこから少くとも一人のみごとな少年文章家が伸び出し、大成したのだと歴史的な展望がひらけてくる。このことは、『赤い鳥』の投稿少年であった大岡昇平氏との年齢差として考えてみてもいい。年齢差はわずか五歳にすぎないのだが。

ちなみに、永井さんはその年恰好にはやや珍しく新仮名派である。全集も調べてみると、文学的処女作「活版屋の話」をはじめとして、旧仮名時代のものもすべて新仮名に直してある。晩年の名随筆集、たとえば『花十日』『夕ごころ』『縁さきの風』など、新仮名の名文だったのだと改めて意識させられた。そういう中で、私が今知る限り唯一新仮名に直していないのが、前記の小学生時代の「綴方」である。「桜の咲く頃」の冒頭を少し引用しよう。

「ポー」蒸汽は汽笛の音と共に永代橋の岸をはなれた。
船は青黒くすんだ水を白く泡立てながら、上流へ進む。船の中では皆話でもちきつてゐる。
「ぼつちやんも花見ですか」
などと僕にまで話かける人がある。こんな短かい間にも旅は道づれ世はなさけ、の心持が味はゝれる。

もっと長く引用すれば一層はっきりしようが、これは永井さんの同世代人小林秀雄氏の初期作品「一ツの脳髄」や「ランボオ」に近い。近いというよりも通底する何かを感じさせる。六年生の永井龍男の方はまだ素朴で楽しげであり、「堤の下では少女の群が、あちらこちらで桜のかたひらを針でひろつてゐる。そのむかふには畑がある」と牧歌的だが、これが二十歳近い文学青年小林秀雄になるとニヒルな痛覚に責められた感じになってくる、そうも言えなくはないだろう。

以上のように永井さんを、さまざまな対照や連想の中において思い浮べてみることは、私には魅力的な心的作業である。一人の作家を時代の流れに位置づけ、人間関係の網の目に引き戻してみることをそれは意味するから、ある点でそれは相対化であるが、相対化をくぐってふたたびその作家に真に固有の特性が洗われたようにつややかに見えてくる筈だと考える。

文章の修練という動機を中心にして書いてきたのだが、それを研磨された人為（アート）の世界と見做したとき、人為の対極としての自然はどうなるのか、どこに求められるのかという話になってゆくかもしれない。永井文学における自然の問題、堅苦しくいえばそうなる。都会には自然はないという考え方には私は与しない。とはいえ路地に並べられた鉢植とか虫籠、屋根のあいだからのぞかれる空の色、雲の色、そういったものに都会の自然を認めたのではいささか型にはまってしまうだろう。そういうものを含めて、およそ人間が日々のきまりを守って暮している場所には、天然と人事とを問わずさまざまな持続と変化が交錯していて、その全体はもう一つ別の次元に導かれた「自然」なのではないか、という気がする。永井さんの作品世界はそういう「自然」の諸相を映し出していた、と私には見えるのだ。

よく知られていることだが、永井さんは作品の材料を新聞記事から得ることが多かったという。

随筆でよくそれを語っていた。名作の一つ『青梅雨』について、そこのところを具体的に語った文章もあった。新聞の地方版に出ているような小さな事故とか心中とかの記事を、しかしすぐに利用するのでなく、切り抜いた新聞が黄ばんで来るまでおいておくと、ゆるやかに事件は「作品」へと形を変えていったのである。そこに、文章次元において実現されていった人事や人為の自然化という経緯が見てとれよう。人事は人事、自然は自然という二元割り切りに固執すれば考えられないようなことを、永井さんは作品の純度と硬度によってなしとげてしまったのだ。時間がたったために変色し黄ばんできた切り抜きは、そうした永井龍男的な自然を暗示していたといえる。

私の印象では永井さんは「完璧」という質を体得、実現してみせてくれた文学者である。最晩年にいたって急激に執筆量が減り、著書もめったに出なくなったが、これは「完璧」が最後の段階で静かに「自然」に移行していったということであったのだろう。

# 散文のコトバを用いた性の詩人——吉行淳之介

吉行淳之介氏逝去のニュースを聞いたとき、猛暑でぐったりしていた「軀(からだ)」に一瞬、電流のような緊張が走った。七十歳であったという。健康不調のためか、かなり長く作品の発表が見られなくなってはいたが、やはり吉行氏も大正の末に生まれてから今日まで、長い人生の時間を生きてきたのだと感じた。

いま「軀」という漢字を使ったが、これが吉行氏の好んで用いる文字の一つだったので、その思い出のために私も使ってみたのである。「体」とも「身体」とも書かず、いつも「軀」だった。これは一例で、詩的で繊細な趣味や感性の触手がいつも生きていた作家で、出生地は岡山市、生活はほとんど東京という生粋の都会人でもあった。しかし私はあえて「作家」というよりは、本ものの「小説家」であったというふうに考えたい。

小説とは大説と対比されるもので、大説が天下国家の経綸を論ずるのに対して、市井の世態人情を物語ったり描写したりするのが小説である。ただ今日、小説家も時として大説を語ることがある中で、純粋まざりけなしに小説一筋に徹し、一言半句も大説を口にしなかった典型が吉行氏にほかならなかった。この点で吉行氏は、代表作によって後世に残るであろうだけでなく、そうした純「小説家」として忘れられない存在となるにちがいない。

昭和二十九年に『驟雨』が芥川賞を受けて文壇の中枢に登場したが、その作品はほとんど性を扱ったものだったといえる。昭和四十五年に刊行された長篇『暗室』ではっきり言われていたことだが、「愛」でもなく「生殖」でもなくて、ひたすら「性」であったところに、小説家的純度をひたむきに固守しようとする姿勢が読み取れた。そこまで行けば、これはあきらかに性の文学を通じて性の哲学を追求していると見ていいものになっていた。

『原色の街』『娼婦の部屋』『砂の上の植物群』『星と月は天の穴』、そしてこの系列の頂点はやはり『暗室』である。私ひとりの印象かもしれないが、自決直前の三島由紀夫が最後に出席した谷崎賞の授賞式で、受賞作に選ばれたのが『暗室』だったというのは、時代と小説の関係を象徴しているように思えたものである。『暗室』のあとの『鞄の中身』や『夕暮まで』も、他の作家には書けない「吉行淳之介」そのものの感じがした。

性の文学をきわめた人なのに、吉行氏には性的ヒーローといった気配は感じられなかった。それは氏が都会人でありすぎ、詩人的資質をゆたかにもちすぎたからだったと思われる。クレーの画が大好きだったり、マザー・グースのような童謡をよく作品に取り入れたり、原色・中間色を問わず色彩感覚をあざやかに表現したり、夢に関心があったりというふうに思い出してみると、これは性の小説家でありながら、散文のコトバを用いた性の詩人でもあったような気がしてくる。本当に他に類をみない人が去っていったのである。

# 「人間」を思索した生涯——竹山道雄

竹山道雄氏逝去の知らせに一瞬茫然となった。三十数年も前、ドイツ語を教えていただいた先生であるが、その後は評論エッセイを愛読してきたものの、お目にかかる機会はほとんどなかった。それが昨年になって、二、三回かなり長時間話をうかがう機会を得たので、その時の言葉や表情が次々と思い出されたのだ。八十歳とはいえ、しばらく休止していた執筆活動も最近また始まった様子だったので、心強く思っていた矢先のことでもあった。

世間には『ビルマの竪琴』の作者として知られていたのが竹山氏であり、戦場で仆(たお)れた兵士たちの鎮魂を動機とするこの作品から、心の洗われる思いをした人は多かった。たしかにそれはヒューマニズム文学の代表作の一つに数えられるだろうが、ヒューマニズムというなら竹山氏には昭和十四年にすでにシュヴァイツァーの『わが生活と思想より』の訳がある。これはシュヴァイツァーの最初の紹介として重要だが、そこに私は竹山氏の思想と信念の一貫性を見る思いがする。『ビルマの竪琴』は外見が「小説」であるためもあって、竹山氏の著作系列の中でやや例外的なものと受け取られているかもしれないが、そうではない。底に流れているものは共通し、一貫している。ヒューマニズムの「ヒューマン」とは人間のことだから、ヒューマニズムは当然のこととして人間性の探求、解明を含んでいる。『ビルマの竪琴』では繊細でやさしい文学的感性が表に立っていたが、それ以後は——実はそれ以前も——竹山氏はひたむきに人間性の種々の謎、疑問の探求をつづけていたのだ。その問いかけの持久力、真実の突きとめに立ち向かう信念において、竹山氏は強靭であり一徹であった。日本人ばなれをしていた。

日本的知識人の通念や情念は何ものでもなかった。それらとは全く異なる眼で、人類史に痕をのこした種々の残虐、妄想、集団的狂気に批判を向け、なぜこういうことが起こったのかと問いつづけたのが竹山氏である。シュヴァイツァーの最初の紹介者になる少し前——それは昭和十二年のことだが——軍の動きの中にひそむ非合理主義を衝いていた。昭和十五年、ナチスの全盛期にナチス批判の文章を発表していた。この批判精神が戦後再現したとき、マルクシズムのイデオロギーやナチスのユダヤ人虐殺への実証的な批判となった。またそれらイデオロギーにまといつく幻想の文明論的解明となった。『昭和の精神史』では左翼史観の主張する日本的ファシズム論の非論理を否定した。

そういう批判的信念の一貫性の中で、あらゆる人間的妄想、願望、強迫観念が結局は同じ根につながっているのではないかと覚って、はじめは驚き疑い、考え抜いた末にやはりそうなのだと信ずるに至ったところに、思想家竹山道雄の面目があり、冒険があったといえるだろう。ナチスは悪いがマルクシズムはいいという人もいる。しかし竹山氏はそのレベルのヒューマニズムを超えていた。そしてイデオロギーの源流には宗教、特にキリスト教があったのではないかという思索がやってくることになる。他に誰も言っていない——オーストリアの哲学者ヘールの論がそれに近いといわれる――この大問題を考えていたときの竹山氏の胸の内はどんなであっただろうか。

しかし私は、この強烈な探究者、追求者がその批判的対象としたどす黒いものに染まって、黒々とした心をかかえていたとは思わない。『希臘(ギリシャ)にて』『ヨーロッパの旅』に読むことのできる旅する心の美しさ、『古都遍歴』に示された古美術への眼ははればれと明るいからである。この明るさは最晩年の竹山氏の死生観に通じているように思われる。エッセイ「死について」の中で、咲く花の本質は「散るもの」であると語られていたのを私は思い出す。この東洋的な「無」が竹山氏自身の内なるヒューマニズムだったと言ったら、言葉の誤用になるだろうか。しかしあれだけ人間を考えつづけた竹山氏なのだから、最後の「無」の中にさえも人間性の気配を感じとることは許されるのではなかろうか。

# 幸いにみたされた文学——高橋健二

高橋健二氏が九十五歳で他界された。その訃を聞いたとき、これほど長い間、多くの仕事を積み上げてきたドイツ文学者は、おそらくほかにはいないと思った。大正の終わりごろ、すでに山本有三、菊池寛、芥川龍之介の知遇を得、昭和のはじめから翻訳、研究(とくに評伝)、エッセーを発表してきた人である。最近は高齢のためか、活動も少なかったが、それでも七十年近く健筆をふるってきたのは見事であった。

高橋健二といえばヘッセ、ヘッセといえば高橋健二——極端に要約してしまうと、そういうことになるのかもしれない。一九三一年にはじめてヘッセを訪問して以来、親交をかさね、個人訳でヘッセ全集を完成している。氏のヘッセ訳は文庫にも多く入っていて、今なお若い読者を獲得しつづけている。

私もはるか以前、戦後すぐの紙質の粗末な本だったが、氏の訳した『デミアン』と『ゲルトルート』が最初のヘッセだったので、懐かしい。繊細で気むずかしいヘッセが心を開いてつきあった日本人、それが高橋健二氏で、そこに氏の人柄が感じられる。ヘッセだけでなく、カロッサ、ケストナーというふうに、実に交遊関係が広かった。

文学的立場からみると、氏の文学研究と読解の基底には、人間性を尊重するヒューマニズムがある。さまざまな苦悩をのりこえたところに結晶する人間愛、人間への深い洞察――これが氏の文学と人生のモチーフだったといえよう。

ヘッセの伝記だけでなく、ケストナー、グリム兄弟、ゲーテというふうに多くの評伝が書かれたが、どれもヒューマニズムから育った伝記作品である。ヒューマニズムはもう古い、こういった気分が主流を占めるようになった戦後の文学の世界で、高橋健二氏は温厚篤実なヒューマニストの姿勢を譲らずに保ちつづけ、おう盛な文筆活動を絶やさなかった。こうした持久力が氏の人間観を支えていたのだと見てよい。

そういう意味でも、氏の文学観を決定づけた存在として、ヘッセの前にゲーテがいたということは、あらためて注意する必要がある。そもそもゲーテが自分の仕事の出発点で、ヘッセにしろカロッサにしろ、みなゲーテという下地から出てきたのだ、と氏が晩年にあるインタビューで語っていたのが思い出される。

その中で氏は「喜んで事をなし、なされた結果を喜ぶものは幸いである」というゲーテの言葉を引き合いに出していたが、氏自身ゲーテに学んで、その長い著述活動は幸いにみたされたものになっていた。これは、評伝というジャンルを幸いに包まれたジャンルとして身につけたということで、なかなかまねのできるものではない。こうした幸福感は、海外や日本の多くの詩人、作家たちとの交わりを語ったエッセーからも漂ってくる。

八年ほど前に氏の著書『ゲーテ相愛の詩人マリアンネ』が岩波書店から出た。これが氏の最後のまとまった仕事かもしれない。ゲーテが晩年にマリアンネ・ヴィレマーと相聞の歌をかわしたことを美しく語った本で、もしかすると厖大(ぼうだい)な氏の著述の中で、最も美的、最も情熱的なものだったかもしれないという気がする。

生涯仰ぎ見たゲーテについて、このような本を最後に書きえた氏は、たしかに幸せな人であったと思う。

# 「ギコウ先生」の魅力——高橋義孝

高橋義孝先生は風格と威厳が身についた本物の大学教授だった。私は先生とは面識をもたなかったのだが、昭和二十年代から五十年代にかけて「ギコウ先生」と愛称(尊称?)を奉られていたその学問的、文壇的、社会的活動を知っていた一人として、これは今日ではもうめったに見出されない、よき時代の大学教授だったと痛感するのである。

しかも先生は風格だけでなく面白味にもあふれ、威厳を保ちながら痛快でもある人だった。文学理論の研究という本職のほか、粋で洒脱で辛辣な随筆家・評論家として八面六臂の活躍ぶりだった。東京の下町に生まれ、相撲とお能に精通し、酒豪として聞こえていた。粋な男の美学の持ち主で、行儀作法や言葉づかいにやかましい御意見番だった。ドイツ文学者としての実力はいうまでもない。

気むずかしくて頑固だが、何だか面白くて惹きつけられる、こういう感じは今の若い人にはかえって新鮮ではないだろうか。達意の文章に次々と出会える『私の人生頑固作法』を一冊読みさえすれば、そんな高橋義孝の魅力は誰にもきっと伝わってくるはずだ。

内田百閒というと、幻想性とうす気味のわるさで若い人々にも人気があるが、人間内田百閒の奇妙な癖や言動をいきいきと語ったものでは、『私の人生頑固作法』の巻頭に収められた「実説百間記」以上のものはないだろう。無類のユーモア、怪奇幻想の気配、曖昧模糊として割り切れない感じ、人や世間に対する偏見や誇張ぶり、そうした特徴は作品の中だけでなく、百閒という人物の中でももつれあっていた。そのあたりを語る「芸」の味わいは高橋義孝の独擅場（どくせんじょう）というしかない。

百閒は琴を弾じ、小鳥を愛した。仰々しいことでは、官僚、位階勲等、帝国大学、博士号が大好きだった。他方、ＮＨＫ、朝日新聞、雷、相撲が嫌いだった。ヘンな人で面白い人だったけれども、大の相撲好きの高橋義孝が、百閒は相撲嫌いだったと書いているのだから、これはホントだ、本物だと思ってしまう。何だか理屈に合わないようだけれど、そんな感じがしてくる。最後に、百閒文学とは幻想と曖昧のはての悲哀の文学だとギコウ先生は語っている。見事なものである。

# 手塚富雄先生の思い出

いつまでも御元気でいてほしかった私の恩師、手塚富雄先生が二月十二日、長逝された。五年前、奥様に先立たれたが、その悲しみを静かに堪えた先生は、その後畢生の大業といっていい評伝『ヘルダーリン』上下二巻を完成された。そしてその二巻を皮切りとする著作集によって、二年前文化功労者の栄誉をお受けになり、私も受業の弟子の一人として大いに喜んだのだったが、喜ぶ以上に先生の精神力の勁さに舌を捲きもした。

先生がこれこそ己れの本業と考えて打ち込んだ研究、翻訳で、やりかけのまま残されたものは殆どないだろう。お好きだった詩人メーリケの小説『画家ノルテン』の訳は第一部だけ出て長くそのままになっていたが、これも後に機会をえて全訳されている。とにかく先生の仕事はスケールが大きく、見事に完成されていた。『ヘルダーリン』だけでなく『ゲオルゲとリルケの研究』もそうなら、翻訳でもゲーテの『ファウスト』、ヘルダーリンの詩、ニーチェの『ツァラトゥストラ』、カロッサの『美しき惑いの年』と名訳が並ぶ。極言するなら今日の若い独文学生は、ドイツ語が出来なくてもその主峰は全部手塚先生の魂のこもった名文で読むことが可能なのだ。

先生の柔軟な文章の秘密、それには高野素十について句作をされ、言葉の鍛えられた響きに耳を澄す素地が先生にあったことも大きいだろう。しかし私には、先生の言葉は先生の人間を離れてはありえなかったという思いが強くする。一方にやさしい思いやり、他方に縮み上りそうになる激しい叱責、この二つを先生から受けた人は多いし、私もその一人である。だがそれは二つの別の面なのではなく、一つの魂の繊細な表情なのだ、そう考えればそれは先生の文章のあの感じにそっくり一致する。

私がはじめてその風貌に接したのは昭和二十二年、一高一年の時である。一高の寮委員が連続講演会を催し、最初に辰野隆氏が来てフランス革命の話をした。何番目かにまだ少壮東大助教授だった手塚先生が来て、ゲオルゲを中心にドイツ抒情詩を語られた。満員の倫理講堂の中で私は息をつめて、左の通路の人垣をわけて登壇する姿を見ていた。先生は超満員の会場にやや閉口しておられたようである。しかしドイツ語を主とする文乙のクラスで漠然と独文科志望だった私が、その志望をはっきり自覚した契機の一つはこの講演だったのだ、と今にして思う。先生は大向うを唸らせるサワリなどは一口も言わず、ゲオルゲの異様に堅い詩精神をただ醇々と説くだけだったが、それが先生の魂の発語だったことも、その後しだいに分ってきたことの一つである。講演の後、寮に引き返しながら仲間の誰かが「何かあるんだけど物足りないなあ」と言ったのは生意気な客気の批評だったにしても、先生の魂の柔かさは通じていたことを物語るだろう。

その頃、先生は「東大新聞」に「揺すぶれ人生の樹を」というエッセイを寄稿している。私は従兄から貰って読み感動した。『ファウスト』の地霊の科白「わしがゆすぶらなかったら、この世界はこんなに美しかったろうか」を引いたそのエッセイによって、私は先生が、大向うに的を定めず、手もとの物言わぬ樹を静かにゆさぶって、それが伝わる相手にだけは確実な魂の感奮を与える人であるのを知った。先生の教育者としての卓越はそういう若者の心へのひそかなゆさぶりに基づいていた。

私はお宅にそう度々伺ったわけではない。それでも先生の言葉で記憶に残るものは多い。歌舞伎がお好きで、話題が豊富だった。早世したあるお弟子を、『島鵆月白浪（しまちどりつきのしらなみ）』の島蔵のような人だったねと言われたとき、私は『島鵆』を見ていなかったから慌てたが、しかし先生の批評から島蔵のキャラクターが分った気がしたのも事実である。六代目菊五郎が御贔屓で、相手の女形が何か言う、その科白に反応するときの「瞬発力」がすごかったと六代目を懐しみながら、その言葉はちゃんと先生の批評を形づくっていた。瞬間的に相手の気持を察する思いやりも、瞬間的に学生のいい加減な答に雷を落すのも、先生にとっては同じ態度に他ならなかったのだ。だがそんなきびしさだけでなく、今の延若(三代目)が猫を撫でながら何でもないような話をしているさりげない風情が実によかった、と安らかなものへの眼差しをも語って下さった。その話が出たのは昭和五十六年十一月十五日のことで、お宅に参上して話を伺ったのはそれが最後になってしまった。

# 本はときめき——清水　徹

誰にでも、子供のころ読んだ本というものがある。親から与えられたり、ねだって買ってもらったりした本やマンガだけではない。友だちの間でまわし読みした本、学校の図書室の本もそれだ。家にあった大人の本も、背表紙のタイトルだけならいつも眼に入り、頭に刻みこまれていた、そんなことも思いうかぶ。子供のころ読んだ本はその後どうなったのだろう。それらは一旦忘れられ、記憶の識閾の下に沈む。それが何かの拍子に再び浮上してくるが、加齢と共に浮上の回数もふえるのが人間の常である。いつの間にか私も記憶との付合いが多くなって、そういう本について文章を時々書いている。それらの文章を収録したエッセイ集を先頃出したところ、読んでくれた友人知人の反応が、ある共通性を自ずとあらわしているのに気付いた。

彼らは私よりも七、八歳年長の人々から、七、八歳若い人々までを含む、おおよそ十数年の年齢帯に属した人々だが、自分も同じ本、同じような本をむかし読んだ、同じように親の本棚から大人の本を引張り出すなどしていたという反応が、とにかく多かったのである。本というものは人間の記憶中枢を揺さぶる特性をもっているらしいと私は感じた。

私も友人や知人の文章を通じて、彼らとの会話を通じて、記憶が呼びさまされる経験をよくしている。最近では、清水徹のみごとな書物論というべき『書物について』（岩波書店）を読んで、その経験を一度といわず、二度三度と味わい、読書の愉しみに涵ることができた。

今日までの書物談義、書物論の大半は、愛書家、珍本稀覯本マニア、蒐集家によってなされてきた。そこに拡っているのは骨董愛玩の世界とも近い熱狂者、偏愛者、好事家の領域である。他方、書物の中に封じこめられ、盛りこまれた言語的含蓄、美意識、精神性、哲学等々についても、大衆化しがたい次元ではあるが、古代以来関心は持続していた。問題は、その両者が全然別のものとしてのみあったことだった。『書物について』はそこにはじめて、白銀の輝きを帯びてみえる橋を架けた仕事である、こう言えるだろう。

『書物について』は「その形而下学と形而上学」というサブタイトルがついていて、これが広角打法によって達成された従来その類をみない著作であることを感じさせる。書物には物体性が必ずあり、「物体の姿と手触り」をもっている。それをいま自分の手がもっているということは「ほとんどエロチックとさえ言える喜び」なのだ、と、この本の「はじめに」で語られている。しかし、本の物体性だけで終ってしまったのではつまらない、その先に清水さんの狙いと夢があるわけで、そのことは「《書物》という物体に、どのような夢とどのような機能とを託してきたかという問題」なのだと、見定められている。『書物について』は、古代における書物の起源から叙述を開始し、『聖書』『神曲』をへて、独仏のロマン派の書物観をくぐりぬけ、マラルメの「究極の書物」に登りつめたあと、ミシェル・ビュトールにおいて書物と時代の結合にいたるという構成で、この叙述の流れがまさしく「形而下学と形而上学」であり、言い換えれば形而下学↓↑形而上学の形をとった環流を生み出しているのを、私は印象ふかく心に刻みつけた。

けれども、もう一つ「なるほど」と思ったことがあり、私はそっちの方をこの一文でもう少し追いかけてみたくなっている。著者は正統的フランス文学者として、身辺のこと、私的なことなどを文章で語るような姿勢はほとんど見せない人である。それでいながら『書物について』では「はじめに」と「あとがき」の両方で、少年時代の本の回想を語り、読書・研究生活のさなかでのさまざまな本の取扱い方をくわしく述べているのである。そこがとても興味深く、読んでいて私も気持が揺さぶられた。本というものは、どうも人の心を揺さぶる所がある。それは本のものとしての魅力から発しているのと同時に、本の内部に盛られた美や思想からも発している。『書物について』はそのことを教えてくれる。

十歳ぐらいのころ、初めて市電に一人で乗って神保町にゆき、握りしめていたお小遣いで何か一冊買ったときの喜び。「お目当ての本、読みたい本を買うという行為それ自体もうれしかったが、それにもまして本を自分の所有物として手にもって帰ってくるという快感はたとえようもないものであった」――そんな本の中で、最も愛読したのが澤田謙の『プルターク英雄伝』だったという。この回想を読むと、私もたちまち、池袋から神保町まで、驚くべきことにえんえんと四十分以上も、のろのろと走る市電に乗って本を買いに行ったときの胸のはち切れそうな思いを思い出した。

私は十歳ぐらいでは、まだ神保町まで「遠出」をしなかった。行ったのは十三、四歳、中学に入ってからで、買ったことが思い出せるのは残念ながら学習参考書ばかりである。三省堂書店はいつも中学生で混雑していた。みんな参考書を買いに来ていた。現在でも「新明解」という国語辞典、漢和辞典は人気があるが、「明解」が「コンサイス」と共に三省堂の代表的タイトルで、私もつられて「明解」と冠した物理や東洋史の参考書を買ったのだった。それを手に入れて嬉しかったかどうか、自分で本を買ったという実感はたしかに身にしみた。

ところで清水さんは神田で、少年向け伝記作家として当時知られた澤田謙の『プルターク英雄伝』を求めて愛読したと言っている。ふりかえると私も何か澤田謙を読んではいたが、それがワシントンだったかナポレオンだったか、思い出せない。情ないが、これは一つには、私は子供の本を自分で買ったことがなく、専ら親から与えられていたためだったかもしれない、といま思いかえしている。中学生になってようやく、自分で本を買い出した私の場合、選んだのは大人の本だった。十三、四歳という半子供・半大人の関心を惹くような大人の本だった。思い出せるのを二つ挙げると、柳原極堂の『友人子規』(前田書房)と上甲平谷の『芭蕉俳諧』(冨山房)である。

中学は小石川の駕籠町交叉点の角にあった。最寄の国鉄(JR)駅、巣鴨からの登校には、市電の通る現在の白山通りではなく、閑静な住宅地「大和郷」の中を集団登校するように定められていたが、下校についてはさして厳格な規定もなかったようで、私は時々交通量の多い、商店の連なる白山通りを歩いて帰ったものである。その途中に一軒の小さな本屋があり、置いてあるのは雑誌ばかりだった中に、少しだけ書物も並んでいて、それを眺めるのが愉しみだった。正岡子規に熱中しだしたばかりの頃で、その関係から『友人子規』を買い、もう少しあとで『芭蕉俳諧』を買った。胸を弾ませて家に帰ったことが、小さなその店の情景など以上にくっきりと記憶に定着している。では、それらを愛読、熟読したかというと、そうはならなかった。中学一年生には、やはり専門的すぎた。別に難しい内容ではなかったと思うが、本を買って所有している喜びの方が、正直のところより大きかった。(ついでながら、戦後昭和二十二年に原口統三の『二十歳のエチュード』を刊行した前田出版社は、『友人子規』を昭和十八年に出した前田書房と関係があるのだろうか。いつか調べてみたいと思っている。)

私は何を言おうとしたのだろうか。子供のころ、若かったころに買ったり読んだりした本の話を、誰かが書いているのを読むと、多くの人が記憶の底ふかくまで衝き動かされ、自分も同じ本をもっていたとか、自分の経験はこうだったとか、相手に呼応するみたいにしきりに声を挙げたくなってくる、このことをまず言った。次に清水徹氏が『書物について』という、根幹においては「存在の象徴としての書物」を見届けることを志向した著書の中で、珍しくも子供のころ、青年のころの本との付合いを回想していて、私がそこに惹きつけられたことを言った。そして第三には、そんな具合に『書物について』から揺さぶられた私自身の五十年、六十年前の本との付合いの一部を、ついつい思い出ふうに記してしまった。これは単純に考えると、そもそも人は本によって心を揺さぶられ、夢と感動と衝撃をうけるものだ——こういうことを私は考えていたと言えるだろう。しかしそこで「形而下学と形而上学」にパラレルの形で、本というものが生み出す夢、熱中の二重性、多重性のはたらきに気付かざるをえない。

話を分り易くするため、本を『魔の山』『失われた時を求めて』など小説、ないし物語ということにしよう。子供、少年、青年が熱中するのは小説や物語の内容である。「お話」や「筋」である。現実の世界や人間の交錯、もつれ、展開を言葉で表現したその本の中身である。本にかかわる愉しみの頂点は中身にある。頂点はそうだが、頂点以外は愉しくないのではない。どうでもいい、つまらないのではないのだ。清水さんは『プルターク英雄伝』を買ったときのときめきを、書物論の外延部における最も純粋な喜びとして甦らせた。私は『書物について』から、子供のころの本にまつわるあれこれを、胸の鼓動を聞くような思いであらためて感じた。私は、本についての回想や苦心談・失敗談を読むことは、小説や物語を読むことと、感情の灼熱度において等しい、そう言いたくてこの一文を書いた。

「文は人なり」という金言がある。これを断章取義で「本は人なり」と言い換えてみたい。それをもう一回言い直して、「本はときめきなり」、そう思う。

# 歴史の雪明り——阿部謹也

近頃はほとんどお会いする折もないが、阿部謹也氏の姿がうかんで見えるちょっとした情景や氏の言葉は、振りかえると生き生きしている。まさか誤解されることはないだろうが、それらはどこか微笑ましく、おかしくもあって、共感を誘われる。

洛陽の紙価を高からしめた『ハーメルンの笛吹き男』の刊行は一九七四年だった。平凡社の吉村千穎氏が高性能のアンテナで、小樽の歴史家をみごとに捉えたのだが、同氏はそれ以前新潮社にいて、私にも「そのうち評論集を」と言ってくれた人だった。私が文芸評論をはじめて三、四年目ぐらいの頃だ。しかしそのうちに氏は退社したため、私の本は吉村氏の手で作って貰うことはできなかった。こう書けば、阿部さんと私の関係は「吉村氏に本を作って貰えた／貰えなかった」と言い表せるだろう。忘れずに付け加えると、氏に代ったY氏(今は故人)の尽力で、私は評論集二冊、翻訳一冊を出すことができ、それで二回受賞もした。あの頃の私はなかなか頑張っていたと思うし、改めて吉村氏とのご縁を有難く感ずる。

阿部さんと直接顔を合せていたのは、一九八〇年代の後半、ある新聞社の書評委員をやった二、三年のあいだだった。書評委員は楽しみもある仕事で、異なる分野の人士と知合うか、せめて顔を覚えることができる。談論風発、放言も飛び交う。阿部さんは誠実な姿勢で通し、発言回数はそれ程多くはなかった。かなりの早口で、話題にされた本について重要なポイントだけを簡潔に、断定的に述べるというふうだった。だからいささか聴力に劣る私は時々聞き取れず、学術書の場合は大まかな理解の耳学問におわった。

別の一件をよく覚えている。書評委員は書評欄で取上げる本の選定と書評執筆を任務とするわけだが、あるとき新聞社のデスクが、「今度、原稿料・委嘱料の支払明細書の様式を改めたので、分りやすくなったと思います」と挨拶した。私は反射的に「これは違う、逆だ」と思った。細かな点は忘れたが、恐らくそれは新たに導入したコンピューターで作製した新しい書式で、全く分りにくくなっていた。どの原稿へのどういう支払なのか分らない、実にヘンなものだった。デスクは新型機械の導入を改善と思いこみ、書類を受取る側をまるで理解していないらしかった。

私が「これは違う」と思ったのと同時に、阿部さんが発言した——「いや、しかしね、それは違いますよ……」。そのあとは、あたりがザワザワして聞き取れなかったが、デスクは受けつけないのだった。「いいえ、今回改善されている筈ですから……」。阿部さんは発言を中止し、黙ってしまった。「どうにもならない」という感じに見えた。私はそう思いこみ、共感を覚えた。が、自分の気持を直接伝えはしなかった。私の流儀というしかないことだった。

ふりかえって思うと、あれは阿部さんが「世間」というものに突き当った現場だったのではないか。努力しても、どうやっても、通じ合うことの不可能な相手はいるのである。ただし、そうして突き当った相手が悪いというのでは必ずしもないのだ。もしかするとこちらも相手からすれば、何も通じないヤツに見られているかもしれない。この意味で、人間にとって避けられない不可能性のカテゴリーはしばしば露出してくる。あれは、歴史家が「世間」と相搏った瞬間だった。阿部さんの「世間」の説をくわしくは知らぬままに、私はそんな気持になっている。そして、心中では共感しながらそれを伝えようとしなかった私も、一つの「世間」だったのか……とも。

書評委員の任を了えたあと数年して、私は思わぬ成行で関西の大学の禄を食むこととなり、四年間すごした。このとき、はじめて研究室なるものをあてがわれたが、うまく活用できなかった。長年の習慣と性分から、そうした場所での読書・研究はできないのだ。原稿は書けたが、昼の弁当を食べたあとラジカセでシューベルトを聞きながらウトウトしたり、時々ふらりと出現する学生の相手をしたり。少し困ったのは執拗に現れる出版社や洋書輸入店のセールスマンだった。

そのせいで阿部さんを思い出すという功徳には恵まれた。『北の街にて』という自伝だったと思うが、小樽では研究室で電灯をつけずにすごしたと語られていた。その理由は言わなくても誰でも分る。それを読んだとき、私はまだ研究室をもたない頃だったが、心から共感したと言っていい。関西の大学で研究室をもてあましていて、そうだ、あれをやってみるのもいいかなと思いついたのは、自然であっただろう。

小樽の冬は、室内であっても雪明りで充分に明るかったかもしれない。無灯の状態で研究書に読み耽るという、何か清々しい時間が成り立ったのだろう。暗くなってくれば、眼を閉じて思索したり、論を組み立てたりもできる。無灯の阿部研究室は阿部さんの学問を養ったにちがいない。

私は眼もよくないので、かなり明るい時間帯でも電灯が要る。しかし前に書いたように、研究室での読書・研究はできない性分で、そこからすればもともと電灯はつけなくてもいいのだった。だから雑用を片付け、昼食を済ませると、居眠りするのが快適だった。たぶんその間に、来訪者たちに不在と誤解させ、空しく引き返させていただろう。セールスマンならそれでいいが、学生たちには気の毒したかもしれない。私は付合いのいい人間ではないので、せめて研究室までは学生の相手をしなければ、という考えはもっていた。こうして阿部謹也流の無灯主義はいつまでも続けるわけにはいかなくなった。気まぐれで灯をつけていたり、消したりしていた。以上で私は、阿部さんのライフ・スタイルにはとても関心がある、と語ったことになるだろう。

阿部さんとはもう一回、山梨県の清春白樺美術館で会ったことがある。そのいきさつは前に書いたので省くが、美術館敷地内の一室を阿部さんは山荘として研究にいそしんでいて、美術館のレストランで食事を共にし、山荘に招じ入れられたのを憶えている。しかし浮んでくる会話は断片ばかりである。「毎食フランス料理なんか、食べられませんね」と、レストランでの食事のあと耳にしたが、だからよく自炊をするらしい阿部さんは「ここにしばらくいると、痩せてきますね」とも言った。その瞬間、阿部さんの顔の肥痩度を見て確認しなかった私は迂闊だった。

もう一つ、阿部さんは、中央線最寄駅の長坂には早朝一本だけ急行が停車すると語った。その話題の流れの中で、阿部さんは朝早くここにやって来たとき、連絡ミスか何かのせいで構内が閉っていて入れなかったという話をした。憶えているのはそこまでで、ではどうしたのかは記憶にない。ないけれども、この話はおかしいし、そう語った歴史家には感心してしまう。おそらくそのときも、歴史家は「世間」に直面していただろう、という気がするからである。

# 粟津批評との出会い——粟津則雄

モーリス・ブランショ『文学空間』、現代思潮社刊である。駒井哲郎装幀の角背の本体は、一点の隙もあらばこそ、カチリと音がして、これまた隙なしの直方体の函におさまる。粟津則雄、出口裕弘両訳者が、それぞれ前半と後半を分担したみごとな「書物」だ。はじめて買った粟津さんの本、そして出口さんの本だった。神保町の古本屋だったのを憶えている。

これは一九六二年刊だが、あの頃の本の多くが積み上げた山の奥底に埋没したり、倉庫預けとなったりしている中で、『文学空間』は私の本棚で第一線をいまだに譲らない剛の者に属している。難解で深淵的なフランス批評が、リルケやヘルダーリンを論じているので、リルケにやっとしがみついていた私が、無理を承知でブランショを読んでみたというのが実状である。

分ったか、分らなかったか。何とも言えない。それが外国文学者特有の西欧崇拝だったとしても、難解なこの一書で私はかすかに救われたような気がした。リルケをやっていていいんだ、と。顔写真絶対非公開というブランショの思想の余波によって、私は代りに粟津則雄、出口裕弘という二人の著者を獲得していた。もっともこの二人も、まだ顔もしらなかったけれども。

ここからはより粟津則雄に即して語ろう。まとめて読むようになったのは、思潮社の「現代の批評叢書」という縦長のシリーズで、その中では粟津則雄が一番多くて三冊、『詩の空間』『詩人たち』『詩の意味』と続けて出たのに注目した。これを読めば現代詩の世界が包括的に分る、と感じられたし、実際よく分った。そのうち二、三年して判型が変り、普通の四六判の粟津評論集が『現代詩史』『詩の行為』と現れただけでなく、前のシリーズもこの判型に直してまた出たようだった。この四六判の固い函の背が黒だった。黒の中に書名・著者名が白抜きしてあるのからつよい印象を与えられた。いま目次のあたりをよく見ると、以上挙げた本の装幀はすべて田辺輝男氏である。はじめはブランショの「剛」、それが黒の「強さ」になったわけである。

一九七三年私は読売新聞の読書委員の一人となり、新刊書の選択、書評の分担決定の経験をしたが、そのころ粟津さんから前記の評論集の五番目『詩の行為』の寄贈をうけた。筆で大きく署名してあった。読売の作る新刊リストにこの本は入っていなかったが、他の人もそういうことをしているので、私は『詩の行為』を委員会に持ってゆき、回覧する新刊の中に加えてもらった。書評したいと申し出、書評を書いた。

そのコピーを引っ張り出して読んでみたが(現在からは三十三年も前のものだ)、やはりこれがそれ以後書評や解説の形で何回かやってきた私の粟津則雄論の原型だったろう、と思う。

その書評は粟津批評を「危機的詩学」と規定しているのだが、それはたんなる言語解体の強調ということではない。「詩そのものは瞬間的に理解できなければどうにもならない」ものだが、その意味での瞬間的把握力がこの批評家にはある、それは朔太郎、中也への洞察から現代詩人たちの味読にまで及んでいる、こんなふうに私はその書評でいっていた。

本の内容をそんなふうに読みながら、私は函の背の黒、見返しの黒が心に残った。ちょうどそのころ新潮社から私は『見つつ畏れよ』という評論集を出そうとしていた。担当者の山岸浩氏(いまは故人)と装幀の相談をしたが、『詩の行為』はじめ粟津則雄の本を数冊見せて、カバーの色を黒にして下さいと頼んだ。その時山岸氏が粟津さんも担当していることが分った。本が出来てみると、カバーは古代ギリシアのレリーフでネメシス・レギナ像が黒の地のなかに赤く、おぼろげに浮び出たデザイン、私は嬉しかったのを忘れない。そんな話し合いの間にはまた、私と山岸氏は粟津則雄の最初のエッセイ集『表現の場』(冬樹社)についても、これは面白い本ですね、読んでいて楽しい、気分がふさぐとこれを引張り出して読むことにしてます、などと意見が一致したのだった。重厚、雄勁な粟津則雄にしては珍しく軽快な一冊、いま読み返しても感興がわく本であることを今回確かめた。

粟津批評を知ったはじめの頃をふりかえってみたが、二つほど付け加えたい。たぶん誰もそうなのだろうが、私には三十ぐらい年上の、「父」の世代からの強い教化があったし、十歳ぐらい上のいわば「長兄」世代にもさまざま浸透をうけてきた。それだけでなく、二、三歳上の、すぐ上の「兄」たちからはもっと身近なもろもろを受けとっている。粟津さんは三歳上で、私が文章を書き出した頃、ああ、こう考えるのだな、こんな具合に言えばいいのだなと、ひそかに教わった一人なのだ。直接的先輩からの、見様見まねだった。

それに関係してのことなのだろうが、お互いの関心領域の近さ、重なりもある。西行を書いたときもブルーノ・タウトについて書いたときも、「おれもあれはやりたかったんだよ」と、言われたのを記憶している。そう言われてこちらもちょっと弱り、「すみません、粟津さんもそのうち是非書いて下さい」と、もごもご答えたのだった。

タウトの日本滞在中のパトロンが京都大丸社長下村正太郎だが、下村氏の子息と粟津則雄は京都一中で友だちだった。タウトへの興味の根の一つはそこにあったのだろう。『日本美術の光と影』（生活の友社）の中に桂離宮の一章があり、タウトへの関心の片鱗を見ることができる。

西行は楽しみである。今までにも書かれているかもしれないが、『粟津則雄著作集』の第Ⅶ巻に、新たに書下す西行論が収録されると予告されているからだ。円熟した粟津西行はどんな面魂をしているのだろうか、私はその第Ⅶ巻の解説を書くことになっている。

# 鞄の中身——磯田光一

これから少し語ろうと思っている磯田光一は、文芸評論家、英文学者で、昭和六十二年二月に世を去った現実の磯田光一なのか、それともその磯田光一の歿後に、折にふれ事につけて私の中で形づくられていったイメージとしての、記憶の映像としての磯田光一なのか、実ははっきりと決めかねるところがあるようだ。なぜそうした曖昧なところから着手するのかと自問してもみるのだが、明確な答は出てこない。予感としては、そういう磯田光一が結局いまの私の心にかなうのだ、ということらしく思われる。これ迄何度も彼について書いてきたのだったが、その死後五年半がたった今、あらためてどんなことが出てくるのか、何が言えるのかという主体的関心の中で、私は磯田光一と向き合っている。

ところで、文学と現実の混同の排除という考えは行き亘っているし、磯田光一もたしかにその考えをもっていたが、この立場をもう少し微細に検討してみたらどうなるだろうか。作中人物はどこまでも作中人物なのであって、仮に現実のレベルでその人物のモデルが見出されたとしても、作品世界と現実とを次元的に混同したり、混淆したりするのはよくない、間違っている——こういう意見は実際よく耳にするものである。近代主義の正統的な意見である。

しかしこれは「作品」という観念に依拠して文学を考察し、論じてゆこうという立場において言われるものにすぎず、少しでもその範囲からはみだしてゆくと、たいして意味のない意見になってしまうように思われる。たとえば「作品」を一本の筆を揮って作りあげる小説の作者が、自分自身や身のまわりの縁者、友人知人の経験と言動をとってきて、それを若干変形、修飾などしながら作中人物に仕立てあげるのは常識だからである。作品は作品、現実は現実という建前があるのは承知していても、作者としての気持の入れ具合とか創作過程での苦心とかは、建前なんか知ったことか、という呟きを胸の中に誘い出すかもしれないのだ。建前はいかにも何かを禁止することはできるが、禁じられたものはその禁令の及ばない次元に脱走し、そこに根をおろすことを止めはしないのである。

一方、読者の側に身を置いてみれば、いわゆる高級読者、事情通までも含めて、作中人物を作者やその周辺の人々へと何とかして還元してみようとする、好奇心とからまりあった想像力を、好きなだけ勝手気ままにはたらかせるのが読者であることは明らかである。それが読者というものの特権なのである。

さてそこで、特権なるものは往々にして拡大、濫用され易いということを承知の上で、私はわが磯田光一の映像に、想像ならぬ連想の翼を結びつけたくなってしまった。私が、現実の磯田光一にどこか似通ったところがあるようだと連想作用のうごくのを感じた作中人物とは、永井荷風の『濹東綺譚』の冒頭にいきなり登場してくる小説家、五十八歳の大江匡という人物である。

モデル的還元を行うなら、大江匡は作者永井荷風であろうし、この点について、疑問の余地はほとんどないといってもよい。浅草一帯を好んで遊歩、徘徊して世相を観察し、玉の井に遊んで女と馴染む——これは『断腸亭日乗』に照らし合せるまでもなく、荷風その人の行動だった。大江匡の年齢も、巡査とのやりとりも現実の荷風に合致するようだ、と思いながら誰もが読んでいる。つきまとうぽん引を避けて吉原に向かい、山谷堀に沿った裏通りの古本屋に入って、老いた店主と取り交す会話も、たぶん荷風の経験に基づいていただろう。こうして「芳譚雑誌」の合本を買い、ついでにちょうど来合せた別の男から、古着——胴抜の長襦袢——を何かに役立てようと思って買い取り、その場を引きあげるくだりは全くみごとな場面になっている。

しかしそこで、それ以前にもいろいろとものを買いこんでいた大江匡が荷物をどう纏めようかと思案する場面になる。

> 実は此方への来がけに、途中で食麺麭（しょくパン）と鑵詰とを買ひ、風呂敷へ包んでゐたので、わたくしは古雑誌と古着とを一つに包み直して見たが、風呂敷がすこし小さいばかりか、堅い物と柔いものとはどうも一緒にはうまく包めない。結局鑵詰だけは外套のかくしに収め、残の物を一つにした方が持ちよいかと考へて、芝生の上に風呂敷を平にひろげ、頻に塩梅を見てゐると（後略）

ここでやにわに木陰から現れた巡査に誰何（すいか）されて派出所へ連行され、訊問のすえ結局は放免されるのだが、それにしても古本・古着・食パン・缶詰という取り合せがいかにもリアルであり、面白い。だがそこを面白がっているうちに、どういうわけか思いがけない連想作用が発動して、これはまさに磯田光一ではないかという連想がひらめいた。同時に、いつもその痩せて尖った肩に使いなれたショルダー・バッグ型の鞄をかけていた磯田光一のすがたが浮んできた。

都心で催される各種の会合や会議の席に現れる磯田光一は必ずショルダー・バッグを肩にしていたものである。多くの人々がそのすがたを見ている。あのバッグの中には書籍雑誌、ノート、眼鏡、必需品である薬などが入っていたことは確かだった。しかしそれ以外にデパートやスーパーマーケットで調達した食料も入っていたのではなかろうか。いつも入っていただろうとは言わないが、時には作中人物大江匡のように、本と食料の共存が成立していたような気がしてならない。私にはそれが不思議な磯田光一的空間としての鞄の中身だったように思われてならない。

磯田光一は魚や肉などの時価にくわしいということをある人から聞いたことがあった。その人は会合のあと磯田光一と車で同席して帰る途中、そんな話を直接彼の口から聞かされたらしかった。また、そういう魚の調理も時には自分でやるらしいということだった。磯田光一の生前、ほとんどの人が彼を独身と思っていたし、彼も「独身」に韜晦(とうかい)する所があったので、そういう話はリアルに感じられたものである。その死後、独身ではなかったことが判明した現在でも、私には彼のバッグの中の古本と食料の共存はますますリアルに信じうるものである。それどころか磯田光一の料理術は、作中人物大江匡の——モデル的には永井荷風の——それよりも、もっと積極的なもので、味覚探険のちょっとした楽しみも含んでいたのではなかったか、という気さえしている。

ただし私は、磯田光一と直接食物の話、衣食住の話をした記憶はもっていない。せいぜい薬について語り合ったぐらいのもので、私がある睡眠剤の話をしたら、彼は「僕も持ってる」といってポケットからその錠剤を出し、口中に抛りこんだことがあった。だがそれ以外、話題はすべて本と人のうわさ、文壇と出版界の情報、人物批評といったものばかりだった。

磯田光一の買物も一度だけそばにいて見かけたが、それは神保町の古本屋の店先きに並んだ廉価本の中からひょいと抜き出した薄い一冊で、彌生書房版「現代の随想」のなかの一冊『中野好夫』だった。やや意外な買物とも思えたが、しかしそれを求めた理由は想像できなくはない。ある目的のためにこの本を活用したのである。が、そのことは今は脇に置いておくことにしよう。本についていては、磯田光一は機嫌よく「実はこの本は……」と語りだすこともあったし、そうしないこともあった。このときはそんな話も出ず、われわれは会議のあとの食事にありつくため、神保町の通りを再び歩き出したのだった。

以上のような至ってささやかな、些末の経験をふりかえって、磯田光一は自分の生活、行動をひどく——ほとんどむきになりさえして——韜晦し、秘匿する面がありながら、どうかすると不意にちらりと自分の一部分を洩らしたり、見せびらかしたりして、ひとに伝えようとする反面ももっていたと思わないわけにはいかない。形式的にみればそれは相反する意向を内部に埋めこんで使い分けてゆくのだから、矛盾している、ということになるだろう。だが事実において、磯田光一が矛盾を背負いこんで内的葛藤を味わい、苦しんでいたような形跡は見あたらないのである。バッグを肩にかけて戸口にすがたを見せた瞬間の表情、雰囲気は、そんな矛盾にからまれた人の気配からは全く遠かった。どこまでもこれは矛盾葛藤を楽しんでいる人物の印象だった。ある内的な道程を秘匿していながら実はひそかに外へむけてメッセージとして送り出しもすること、この操作において万事回転の迅速だった磯田光一は生の活力を取り戻していったのだと想像される。

世間の眼に触れるのを回避し、秘密を保持しつづけることに情熱をおぼえている状態、これは一般的には「隠者」の人生というふうに理解することができよう。隠者はたんに世間から身を退いて、人の眼に触れない場所に引きこもり、その中に埋もれて存在を消滅させてしまう人間のことをいうのではない。そういう人間は自己否定者、自己消去者などと、いささか耳になじまない言葉で呼んだ方が正確だと思う。だが隠者は自己を否定する人間ではないし、自分で自分を消し去ろうとする人間のことでもない。それどころか隠者には奇妙な自己愛、自己観照といった匂いが立ちこめることがあって、おのれのすがたをくらまし、かくすように見せかけながら、予期しえないあるきっかけをつかむと、さり気なく自分自身、自分の内部を一閃洩らし、たちまち身を翻して再びおのれをくらまそうとする。隠者は基本的には世にかくれるものではあっても、かくれながらふと顕われるという戦略をもち、もののはずみというものをすこぶる愛好する人間なのである。古典文学史の中の隠者たち、長明、西行らを考えてみればよい。磯田光一はこう見てくると典型的なまでに現代の隠者という存在であったと感じられてくる。

これから先は、私の仮説になるのだが、隠者は山奥ふかい岩屋とか僻陬の草庵とかに閉じこもり、いたって狭い空間に跼蹐しているばかりであるという意味では、その生は局限されたもの、部分的なものとしか思われないかもしれない。しかし不思議なことに隠者は、隠に籠もったことによって逆説的な全体性を獲得する、もしくは獲得しないまでも全体性志向を明確に表現するということが言えるのではなかろうか。一点のごとき存在へとおのれを縮小したはてに、一点が全体に通ずる逆転が起るのである。磯田光一はその隠者的な生活様式の選択によって、意識的・無意識的に隠者の中にひそむ全体性の感覚を発見し、それにおのれを托そうとしたところがあったのではないか。

この問題を、肩にいつもかかっていたショルダー・バッグの映像に引き戻して思いえがいてみる。すると、バッグの中に共存していたであろう古本や雑誌や薬や食物は、ささやかではあっても紛れもない磯田光一の全体を暗示するものであったという気がする。精神や思索の領域が生きるためには、その基盤としての衣食住はおろそかには出来ない。衣食住に対しては常住不断に注意の眼を向け、快適にコントロールしておかなければならない。磯田光一はそのことを知っていた。彼は生活の経済効率に対して敏感だった。そしてこの意味で磯田光一は全体的人間であり、一人で何でもやることをひそかな戒律としてもっていた。しかしその側面を外部に洩らすことはほとんどない。彼がひょっこりと洩らすのはもう少し別のこと、主として精神の賦活法、蔵書の整頓・活用法といったことだった。

ところで、全体小説という観念はすでに、文学史上に成立しているが、全体批評といった言葉は聞いたことはないし、これからもそんな奇妙なものはあらわれないだろうと思う。ただ、強いていえば「全体批評」に近いと見なせなくもないジャンルは実質的に存在するのではなかろうか。文学史というジャンルである。さまざまな特徴のばらつきによって一見収拾のつけがたく思える諸流派、諸作家を整頓・要約し、補助線を引いて連結し、時には既成の結合を切断して通時的（ダイアクロニック）な全体図としてまとめあげる――この文学史というものは、批評家や学者の多くが最後に向ってゆこうとするジャンルになっているが、その原因は文学史が全体性の代行システムだからだと思われる。こう考えたとき、磯田光一がその晩年に昭和文学史というものに取り憑かれたようになっていたのをいくらか納得することができそうである。

昭和六十一年秋に刊行を開始した『昭和文学全集』（小学館）の選考委員の一人として、磯田光一は「昭和文学史」を書こうとして着々と準備を進めていた。『戦後史の空間』『鹿鳴館の系譜』を刊行し、東京工大教授となり、日本近代文学館理事に就任するという状況もその意向を促したかもしれない。だが、昭和六十二年二月の急逝でそれは実現されずに了る。私は、隠者の全体性といった実質をすでに充分身につけていた彼が、どんな文学史を描いてみせるのか、またそれを呈示し終ったあと、磯田光一にどのような変化、新しいきざしが現れてくるのかに興味があったのだが、いまはそれはこうでもあっただろうかと想像するしかない。

多くの人が代表作とみている『永井荷風』は、最後にいたって、完璧な個人主義者荷風というものに強い光を当てていたのが印象的だった。磯田光一なら当然そうなっただろうと受け取られている。しかし、私見はいささか異る。磯田光一自身が強烈な個我の人でありながら、ある意味では荷風以上に繊細で尖鋭な隠者でもあったことによって、たんなる「個人主義」の完成という域に止っていることは不可能であったのではないか、という予想が私のものとしてあるからだ。

いかにも永井荷風は「個人主義」を完成させたかもしれない。しかし磯田光一はそこを明らかにしたあと、荷風をなぞることはしない。文学史を書く、という選択は、もしかしたらおのれを別の場所へ連れ出すかもしれない可能性だった。そのことを知って、磯田光一は自分を追いこんだのだと考えたいのである。こんなことを私が思いえがくきっかけが、秘められた磯田光一の小空間——鞄の中身というものだった。

# ロマン派の栄光——川村二郎

普段は意識の下に抑えつけられているが、時折隙間をすりぬけるように意識表層に浮上してくる思いがある。いったい自分には文学がどれだけ分っているのだろうか、という疑いがそれだ。といっても、深刻な自己否定の感情ではないし、それを考え続けて何らかの解に達しようとはせずに、そのまま放置することが実は多い。

これは、当面考えねばならない対象がそれと別に確実にあるのだという理由づけと連接した形で、判断停止をしているのだろうか。しかし私の時間の大半を何が占めているのかといえば、それは、思考は連続すべきものであり、個別的に訓練すべきである、という思いなのだ。文学には、読むことによって、あれこれと思い巡らすことによって、はじめて分ってくるという一面があるのではないか、ということである。

川村二郎氏の二十冊に近い著書からも、未だ単行本となっていない評論、紀行、書評、随筆からもあまたの影響をうけてきたが、はじめに記した疑問も実のところは川村氏の文章が私に対して問いつめているものなのだ、という気がしている。しかし何とかこの疑問に対して返答の筋道をつけ、切り抜けてゆくことは不可能ではなさそうだという思いも、同時に氏から受けとってきたと私は実感する。矛盾しているようだが、正直のところそうなのである。

資質の上で川村氏は紛れもないロマン派に属している。『銀河と地獄』のあとがきに、少年時代から幻想文学を好んで読み、中学生のころポーとホフマンに熱狂したと述べられていたのを見ても、ロマン派の根の生得的に深かったことは歴然としていよう。その後に保田與重郎、イギリス・ロマン派詩人たち、ペイターらが加わり、さらに折口信夫、ホフマンスタール、ゲオルゲと連なった稜線は、それ自体がすでに川村氏の文業の基本的構図をなしてきた。

『白夜の廻廊』のあとがきの、「戦後、サルトルにもルカーチにも、ノーマン・メイラーにもハインリヒ・ベルにも、ほとんど目を向けぬまま、ペイターからフランシス・トムスン、そしてホフマンスタール、ゲオルゲと、ほぼ半世紀前の、文目(あやめ)くすんだ言葉の織物に見入っていた日々を振り返ると」という一節は、その嗜好の真正度をおのずからに証言したものだった。私は『銀河と地獄』も『白夜の廻廊』も何回か読みかえしているが、読み終ってそうしたあとがきの言葉に達したとき、最後にまた打たれるという経験をする。そして、はじめに記したような、自分の文学はいったい何であるのだろうという、こちらに撥ね返ってくる思いもそのとき受けとめねばならない羽目となる。

『銀河と地獄』に触発されて、私は『幻想の変容』という連載評論を試みたことがあった。折口信夫や柳田国男の中の幻視や神秘主義のモチーフ、小林秀雄や川端康成、ノヴァーリスなどを取り上げてみたのだが、この仕事のあいだ時々、自分は幻想や幻想文学を肯定しているのか否定しているのかという微妙な思いを味わわされた。方向性が決定しないまま、土台が固まらないまま始めてしまったのだろうか。疑い出すと際限がなくなるので、それに捉われすぎぬようにしたものの、そういう感情を経験したという事実は残った。おそらくこれは私が、川村氏のロマン派の眼によって見つめられている自分を感じたことを意味していよう。どうみても私は、幻想に陶酔し、その中に身を挺する素質や気力にやや欠けた人間なのである。

とはいえ、そうだからといって幻想と幻想文学を考え、論ずるのをやめるには及ばない――このひそかな自負も、私は川村氏の行間から読み取ることができたように思う。資質としてのロマン派は、必ずしもそのまま直ちに文学観上のロマン主義者となって現れるとは言えないのではないか、というのが川村氏の文業全体を見渡して私の推測するところで、そうであることの示唆は何よりも大きいと思うからである。

文学観からすると、川村氏が拠って立っているのは、現実と別の領域を言語が形づくることについての揺がぬ確信であろう。現実は存在しない、というのではないのだ。言語化されうるもの、さるべきものとして現実はやはり存在しているのである。それを幻想の情景として思いえがけば、「幻想世界は日常に浸蝕され、日常は幻想に攪乱され、現実と非現実の境界線を引くのも困難な、曖昧な動きにみちた空間」が見えて来るし、「夢と日常とがあるいは溶け合いあるいは軋み合い、いずれにせよ両者のあいだに独特な緊張関係が生じ持続する」というふうに言い換えることもできよう。これらの氏の言葉は、幻想性ゆたかな人々の胸に響いたであろうが、それに劣らず、さして幻想の能力をもたない人間にも大きな暗示を与えてくれたのだった。

真にロマン派であるがゆえに、飛び抜けて苛烈なリアリストでもある――これが長年にわたる文学批評の仕事の中に明快に示されている川村氏の批評家的特性である。これくらい徒な幻想や詮索や予断から免れて、人間諸相のリアリティを見つめてきた文学批評は少ないだろう。そして川村氏の何よりの魅力は、年齢的な円熟が増すにつれてそうした資質と文学観は一層濃厚になり、自在になってゆくだろう、と予想できるところにある。そこに、文学において生きることの無限の栄光がある。

# 中村光夫氏の文体

最近刊行された中村光夫氏の短篇集『虚実』は、雑誌連載中からその軽妙さを感じていたが、一本にまとまって改めて気がついたのは、評論において一貫して「です」調を用いてきたという徹底主義が、他方で、氏にこういう創作に手を染めさせるはるかな遠因になっているのではないか、ということだった。もちろん、創作動機は別にあっただろうし、『虚実』の作品論となれば話はまた違うが、案外人が見過している所に、かくれた問題があったりするものだ。さらにこれを連載した『波』の五、六月号には、作者の談話も掲載されていて、なかなか読みごたえがある。それは自作の解説でもあれば、実作の経験から帰納した小説論でもあり、そこから自ずと、批評家が小説を書くことの意味も語られている。この談話にも触発されて『虚実』のそういう印象を、私は分析してみたくなった。

七篇のうち「です」調によったものは「小さなキャベツ」「サン・グラス」の二つで、他は「である」「した」調だが、これは更に二つのグループに分れるだろう。「影」「アニマル」「大の虫」が、現代人の感情的鬱屈をえがいた短篇らしい短篇だとすれば、「パリ・明治五年」「出会」は、明治人が身につけていたその時代のスタイルを、現代の表現におきかえるという手法を試みたものである。

　こんな具合に全体を三つに分類してみると、『虚実』は中村氏の文体研究、ないしは文体実験ではなかったか、と思われてくるのだ。文体とは多義的な概念で、文体論の領域では今なお統一的な定義も打ち立てられていないらしいが、中村氏がまさに特徴的な文体の持主であることは、誰も否定しないだろう。言うまでもなく「です」調のことをさすのだが、それならば、中村氏の仕事は以前から「文体による批評」という性格をもっていた、と言うべきだったのだ。われわれは、氏の評論がたかく掲げる理想や、その理想に基づく価値判断や、「です」に認められる説得、裁断の姿勢にばかり気をとられて、中村氏に文体という核があるのを、見逃していたようだ。

　今までも『人と狼』以下の戯曲や、『贋の偶像』などの小説で、「です」によらない中村氏の文章を読む機会はあった。しかしこの種の仕事が作者の心にわだかまっているらしい文体的欲求のあらわれかも知れないとは、私は気付かなかった。『虚実』では、そう推定させるものがはっきり表面に出てきたのだ。『波』の談話の中でも、それを裏付けるように、こんな考えが言われている。——日本文化の好ましくない傾向の一つは、思想はどの時代にも通ずるものであるのに、その表現形式が早く古びてしまうために、顧みられなくなる例が多い。二葉亭四迷などもその典型だった。そういう存在から、現代に生きるものを汲んでくること、それが人間の眼を持つという態度であろう。そしてそこに人間と時間の緊張関係を見、人生のドラマを認めるとき、それが小説になるのだろう。——

　そしてこの考えを文字通り実践したのが「パリ・明治五年」「出会」の二作だと思う。前者は成島柳北のパリ滞在日記『航西日乗』を、漢文から現代文に書き直したもの、後者は、岩野泡鳴の手記という体裁で、泡鳴が畏敬する先輩北村透谷を訪ねて文学人生を談じあった会話や、透谷への人間的観察をえがいたものだ。百年前のパリの表裏を現代の文章で再現し、明治人の文学的会話を現代人の会話に再現するという文体的な試みが、ここにはある。ただ原典や史実を全くはなれるわけにはゆかないという問題があるが、中村氏がこれら過去の知的人間に、虚実の感情移入を行っているのを、私は感じた。そのために、柳北とパリのあいだに存在したであろう距離、透谷と泡鳴のあいだに生じたかもしれない緊張が、中村氏の文体的操作によって、おそらく実際以上にあざやかに捉えられている。そしてこういう素材は文学研究家でなければ扱えないものでありながら、たんなる文学研究家には決して書けないものだろう。言ってみれば、こういう小説を書かせたのは批評であり、文体の自覚なのだ。

「です」調から話がそれたが、全く脈絡のないことを言ったとは思わないのである。中村氏の「です」にしても、文体的要求の一つにちがいないからだ。約二十年もそれを一貫すれば、批評に必要なのは原理や方法や論証の技術だけではない。文体ということもそれらに劣らず、批評の重要な一面なのだ、ということを、「です」は実践的に語るだけの力になっている、といってい い。ただ「です」の説得力は認めても、その裁断には服しかねると感じた人も多かった。その人々の中には、あの「です」に何か不気味なものを認めた人もいるのではなかろうか。それはボワロー的権威とヴァレリー的自由を期待していた人を狼狽させる何かである。それが結局、中村氏の私なのだ。「です」の中に私が封印されているのだ。「です」とは文体化された私、あるいは、方法化された私だったのである。

いつ頃から「です」が用いられていたのだろう。『戦争まで』という戦時中のフランス留学記がすでにそうだったが、中村氏が「です」に己れの批評を託するに至ったのは明らかに戦後である。完全な調べがついたわけではないが、昭和二十二年後半から「です」が目立ちはじめる。しかし当時を思い出しながら、一つの仮定として言ってみれば、昭和二十五年の『風俗小説論』が「です」を文体的原理にまで押出すのに、つまり中村氏の「私」を方法として確立する上で、決定的だったという気がしてならない。『風俗小説論』は丹羽文雄との論争に端を発して書かれた私小説批判である。私小説の本質をつき、論破するのに、中村氏は自らの私をまず何らかの形で堅固なものとして表現しなければならなかったのだろう。こうして意識してか、無意識にか、「です」は外から見れば批評家中村光夫の攻撃武器となり、内からは仮装した「私」の姿となるという、二重性を帯びたのだ。

『虚実』の中で二つの「です」調によった作品が、私小説、あるいは私小説的発想による小説であるということを、私はたいへん興味ぶかいと思う。そしてハワイの炎天の道で慣れないハンドルをにぎりながら、運転教師とその家族を観察している「僕」にも、ベイルートで文学青年だった旧友と再会して、回想と現在の落差をはかっている「僕」にも、いつか淡い共感をさそわれるのである。かつて私小説を撃破するためにあった「です」が、いま中村氏の私小説のためにある、といったら図式的にすぎるだろうか。ともあれ、「私」とは不思議なものである。

## 学界・論壇の名伯楽——粕谷一希

粕谷一希君とは旧制の東京都立五中(現・小石川中等教育学校)の同期である。クラスは違ったが、彼は最初から同期の中でも目立つ存在だった。口をきくようになったのは、戦後四年生のとき、校内の〝創作展〟という催しでお互いの文章を読んだ頃だ。彼は河合栄治郎を論じ、私は万葉集論を出していた。また、『開拓』という校内誌の委員を一緒にやったかもしれないが、この記憶は確かではない。

昭和三十五年頃、ホイジンガ著『ホモ・ルーデンス』という本の英訳本を『中央公論』編集者だった彼は見せてくれた。「これはいいものなんだよ。あの『中世の秋』の著者だ」。彼の説明のポイントは——戦後の学界と論壇を左翼教条主義がめちゃめちゃにしてしまったけれども、この本はそれに対して遊び文化論という独自な立場から根本的な疑義、批判をつきつけたものだ、ということだった。ホモ・ファーベルという人間観を左翼的「労働」の絶対視と結びつけてしまった戦後思潮の逆転がホモ・ルーデンスなのだ。こうした大局観の把握では、粕谷君は若い頃から本能的な能力をもっていた。

昭和四十七年、川端康成の自死のあとで『歴史と人物』編集長になっていた彼から電話がかかってきた。「作家の自殺を時代の動向と関連づけて論じてくれないか。昭和初めの芥川、戦後すぐの太宰、一九七〇年の三島、どうも時代で解かないと解けないものがあると思う」。もう一つそのとき彼の言った「何か整理概念を出してよ。うまく整理概念をつかまえると、ずっと開けてくるものだからね」という言葉も私は憶えている。この言葉はその後今日にいたるまで、折々停滞をおこす私の内部を整理するのに少なからず助けとなってくれた。

ここでもう一つエピソード風に言えば、彼の名前を音よみすると「一希(いっき)」となるが、これはあの坂本「一亀(いっき)」氏に通ずる。坂本氏が三島由紀夫『仮面の告白』の生みの親となったのを始め、文壇の名伯楽だったとすれば、粕谷君は高坂正堯、萩原延壽、塩野七生氏らを世に出した学界、論壇の名伯楽と呼びうると思う。山崎正和、山口昌男氏への入れ込みも熱いものだった。

そのもとの所には和辻哲郎への畏敬があっただろう、と私は昔のことを思い出す。中学生の頃に彼が論じた河合栄治郎は、後に評伝『河合栄治郎』に結実したが、和辻哲郎は今のところ『対比列伝』の中に収められた「和辻哲郎と戦後日本」に片鱗を窺うだけである。しかし私が和辻さんを重視する理由は二つある。一つは編集者粕谷一希の根本信条「左翼教条主義のため荒廃した学界と言論の世界を、リベラルで気品のある空気の流れる場にする」の後楯となったのが、そもそもそういう学問の見事なモデルであったのが和辻さんの学問に他ならなかった、ということである。

第二には中央公論社の新入社員として粕谷君が幾度となく和辻さんを訪問し、ついに根負けしたかのように和辻さんに重い腰をあげさせ、自伝の執筆を承諾してもらうところに漕ぎつけたという経験である。自分の編集者としての原点に、和辻哲郎『自叙伝の試み』をどしりと据えた男、それが粕谷一希であった。連載が始まると『自叙伝の試み』は精緻かつ悠揚たる叙述で、当時の世間を騒がせていたイデオロギーも時代の風向きもまるで寄せつけない風格をあらわした。ただ惜しむらくは和辻さんの長逝で完結に至らず、最後の未完作品となってしまったが、そのことも含めて和辻さんから彼は学問、言論の志すべき高さを教えられたにちがいない。

五つの雑誌で彼は編集長を歴任もしくは兼任してきた。『中央公論』時代は七〇年安保の激動を乗り越えるのに多くの労力と神経を費したが、その間にも彼は「リベラルな学問世界」の特集号を何回も企画実現している。京都学派への広い眼配りがその特徴をなしていた。次の『歴史と人物』で創刊編集長となった時代には、嵐を切り抜けたあとのくつろぎが誌面にも感じられた。私が短い文章の中で、ハイデガーとヒットラーが同年生れだと書いたのを、「うーん、そうなのか」と感に堪えた様子だったのを思い出すことができる。この時代の最大のトピックは高松塚古墳の出現だった。

やがて中央公論社をやめ、フリーの文筆家として『二十歳にして心朽ちたり』『面白きこともなき世を面白く――高杉晋作遊記』などを出したが、都市出版を興して編集に復帰する。TBSブリタニカの『アステイオン』編集長もやっていたが、この期の中心が『東京人』であり、それと併走するのが『外交フォーラム』である。今では彼は、世界の中の日本に深く思いをいたしながら、その日本の象徴「東京」の精神的豊かさへの希求をもやした大御所的編集長だ。粕谷一希をさらに知るには、自伝の要素も含む『中央公論社と私』が必須の文献である。

# 『改造』編集者時代——上林 暁

かつての代表的私小説作家の一人という上林暁の地位に揺るぎはないものの、今日の若い世代にはあまり読まれなくなっている。一連の病妻物の作品に見られる夫婦愛や、自らも大病に屈しなかった晩年の作品の明るい善意、人懐こさは味わい深いものではあるのだが。

ましてて上林暁が作家になる以前、昭和二年から九年まで、改造社の編集者としてさまざまな経験を重ねてきたことは、現在あまり知られていない。けれども私小説の通例で、上林作品には編集者時代のことを題材とした幾篇かがあり、そこから編集者徳広巖城(いわき)(上林暁の本名)の歩みやその周囲の人々、時代相までもほぼ事実に即して知ることができる。

上林暁は画期的な名編集者でも、出版史を大きく動かした大編集者でもなかった。しかし彼は近代日本の出版史において、大正末ごろからの変動と事業拡張の結果、出版界が上昇気流に乗ったちょうどその時期、新入社員としてその渦中に置かれた一人だった。しかもその後彼は、当時のことをいきいきと作品に描いた。こういう語り部として、彼を一流編集者たちの列伝に加えるのは、意義があるといえよう。

改造社を興した山本実彦の二大事業は、社会主義論客を起用した雑誌『改造』を、デモクラシー唱道の『中央公論』と肩を並べる二大総合雑誌にのしあげたこと、昭和二年『現代日本文学全集』を発刊して、いわゆる円本時代の幕を切っておとしたことである。上林暁は昭和二年東大英文科を卒業して改造社に入社、はじめ校閲部にいたが、間もなく『現代日本文学全集』の販売合戦に一員として加えられた。そのあたりは『入社試験』『青春自画像』などの作品から窺うことができる。

当時、改造社の成功に刺激された春陽堂が『明治大正文学全集』に乗り出したため、改造社側は対抗して企画を拡充、『現代日本文学全集』を増巻、「驚天動地とも言うべき大宣伝」を決定する。内地のみならず満洲、朝鮮、台湾、ハワイにも社員を派遣、国内各地の書店廻りにも力を入れた。この結果上林暁は湘南の担当を命ぜられ、大磯で三軒、国府津で二軒、小田原で六軒と書店を訪れたが、店によってはひどく無愛想にあしらわれ、浮世の風に吹き曝される思いも味わった。『青春自画像』には「私は昨日まで、大学でシェクスピアの講義を聴き、シェリイやキイツの詩を学んでいた。それを思うと、現在の自分は、天上から地界へ降りたような感じだった。」とある。

次にやらされたのは、文学全集宣伝用映画への出演依頼で、五人の作家を訪問する仕事だった。五人は島崎藤村、巖谷小波、上司小剣（かみつかさしょうけん）、田山花袋、小川未明だったが、応諾してくれたのは小剣だけだった。その後原稿依頼で野口米次郎に会ったとき、若き上林暁は応接室の中の作家の姿をはじめて心に刻みつけることができた。その後、青山会館、国技館、報知講堂での文芸講演会でも一社員としててんてこ舞いしながら働いた。現在でも大出版社の催し事、パーティの際の舞台裏は似たようなものだろう。しかし時代もまだはるかに若く、上林暁も若かった。社命によってとはいえ、情熱をそそいで大働きをした彼の姿はあきらかに書きとめられている。現在のわれわれには、本を読むこと、文芸に親しむことが、社会の向日的エネルギーと、そんなにひどく波長がずれてはいなかった当時の空気も感じとれる。そうした空気は新聞記事などよりも、書き手の鼓動が伝わってくるこうした私小説の方がうまく表現しているのだ。

その後上林暁は雑誌『改造』編集部に配属され、昭和八年にはあらたに発行された『文藝』の編集主任となったが、翌九年には文筆に専念するため退社する。この時期の厖大な経験を記録した中で注目すべきものは、当局による発禁、それに対抗するための伏字使用の苦心、発禁が決定した雑誌の当該ページの切り取り作業を語った作品「伏字」であろう。急進的な『改造』は発禁の厄に遭うことが多かったから、その予防措置として編集部は伏字に苦労した。その範囲は「不敬、反軍、反戦、平和、革命、私有財産の否定、姦通、猟奇、風俗壊乱その他」に及んだ。苦労も空しく発禁になると、書店から回収した雑誌を一冊一冊社員総出で切り取ってゆく。板切れをページに当てがい、ベリベリと引き裂く。それが済むと「削除済」のゴム判を表紙に捺してトラックに積み、もとの書店を一軒一軒まわって返却する。肌がすりむけるような荒作業だった。

『文藝』に移ってからは、番匠谷英一(ばんしょうやえいいち)脚色の戯曲『源氏物語』で上林暁はかなり伏字をしたが、これは発禁を免れて記録破りの売行きをみせた。編集者徳広巖城が颯爽としていた時代のピークであっただろう。

# 編集者ハヤシ・タップの金字塔——林 達夫

「きみの訳した、『ホモ・ルーデンス』だけど、校正刷が出たらハヤシ・タップに見て貰おうと思ってるんだよ」。粕谷一希は私にそう言った。四十年も昔のこと。彼の勧めで取組んだ遊び文化論の翻訳だった。『中央公論』デスクだった彼は、顧問として時々中央公論社に姿を見せる林さんとも親しかったのだ。「こういうものを見て貰うのに最適な人だからね」。

やがて私は校正刷検討会の形で林さんから時間たっぷり、個人授業をうけることができた。単語の細部も、全体の見通しも、林さんは大いに気を入れて楽しそうに教え、語ってくれた。時にはきびしい面を見せたといわれる林さんだが、私にはたいそうやさしい先生だった。

その人の話題になったとき、私はたいてい「林さん」と言っていた。客観的に「林達夫（たつお）」とも言った。「先生」は何か鹿爪らしく、心の中では「先生」と思っていても、口にしては言わなかった。友人の粕谷一希をはじめ知人や編集者の多くは「ハヤシ・タップ」と愛称で言っていた。「ハヤシ・タップ」はどこか林さんにぴったりだった。あのころ愛称的な音よみが通用していたのは林さんと片山敏彦（ビンゲン）だっただろう。

しかし、その話題だけでは林達夫を深い所で捉えたことにはならない。戦前・戦中と時代の嵐を凌いできた経歴があったという理由で、こう言うのではないのだ。それもあったがそれ以上に、これは編集者・大学教授・著作家という三極構造において、そのどれか一つにだけ偏らない変幻自在な飛翔を生きたとみるべき人だった。

これを外からみれば、時として軽快にも感じられ、講壇的な世界の中から時々聞かれた「林達夫のようになってはいけない」といった声も、そんな印象とかかわりがあっただろう。しかし林達夫は硬直的なアカデミズムを否定して、鋭敏な聴覚や触手がたえずはたらいている良質なジャーナリズムを評価し、しかしまたジャーナリズムが単なる知と思想の集音装置に固定してしまいそうなときには、やはりそれをも拒否した人である。知を、言語表現された思索の形で生かしてゆく著作の必要性を認め、それをめざす多方向的な知的生命体であること、これが林達夫だった。林さんのその多元的・多極的な歩みが広く認められるようになったのは、戦前すでに『文芸復興』『思想の運命』という魅力ある著書が刊行されていたとはいえ、やはり戦後になってからである。

固定と安住を嫌うこの精神の起源は、幼い頃からの反骨心の中にあったように思う。父が外交官だったのでアメリカ・シアトルで育った林達夫は、日本に帰国して入った郷里福井の小学校では外人みたいなヘンな子供とみられて、いじめに遭っている。それも反骨心を育てた一因だった。一高時代にも奔放な生き方をしたようで、授業には出ず、芝居や音楽に熱中した。親への反抗もあった。結局一高は卒業せず中退する。だから京大文学部の哲学科には本科生でなく、選科生として入っている。大学卒業後、大学や旧制高校の教授とならなかった(なれなかった)のも、そのことが響いていたのかもしれない。代って岩波の『思想』の編集に携わりながら、東洋大、津田英学塾、法政大、立教大で講師をつとめるという人生を歩んだ。だがこの一見不利な選択をついにプラスとして生かす所まで達したのが林達夫である。

『思想』の編集では、岩波の看板たる哲学だけでなく、文化人類学、宗教史への視野をひらいた。戦後すぐ中央公論社に籍を置いたときは、石川淳、坂口安吾、太宰治、福田恆存、花田清輝、平野謙を一堂に集めて新文芸誌を興そうと企画している。早くも一九四七年当時にこの顔振れをそろえた炯眼。しかしやがて角川書店に移り、木下杢太郎、神西清、ホフマンスタールなど――今でも思い出せるが――実に清新な「飛鳥新書」を出した。結局、林さんは五一年には平凡社に入り、ここで編集長として『世界大百科事典』全三十二巻を完成させる。編集者林達夫の金字塔である。西欧的な知と思索を承けた日本最初のエンサイクロペディスト林達夫の誕生である。

この百科事典は大項目主義を貫いていた。小項目を限りなくふやして大きなものを作るという従来の方式の全否定で、林さんはいかに項目の数をへらすかに苦心を傾注したと後に述べていた。しかし、だからこまかな問題についての記述や解説を知るためには、最終巻の索引の活用が絶対不可欠の条件となる。索引を使いこなす知的訓練。それを林さんは日本の学問、教育、ジャーナリズムの向上のために切に求めたのだ。

平凡社から刊行された全六巻の『林達夫著作集』は志ある編集者の必読書である。現在ではより入手しやすい新書版、文庫本で林達夫の精神に触れることができる。

# IV

# 私という存在

# 筆の遊び

浪人の侍なら、たった一振りの業物(わざもの)を腰に飄々(ひょうひょう)と、である。腕自慢の料理人なら、包丁一本さらしに巻いて、である。このヒロイズムの美学はおなじみのものだが、これと正反対の映像からもやはり納得させられてしまうのは、どういうわけだろう。

雑誌のグラビアやテレビで、何か一芸をきわめた人物の仕事場をよく見かける。職人なら仕事場に、鉋(かんな)、錐(きり)といった道具が何十本、ずらりと並んでいる。画家ならば、筆立てに無数の絵筆が林立している。文筆家ならば、それは鉛筆や万年筆となる。そういうのを見ると、これが本職というものだ、と思う。

こういう無数の道具の中から、たった一つを選び出せるのだろうか。これは小むずかしい理屈ではなく、名工や一芸の士はどうやって道具を選ぶのかという単純な好奇心にすぎない。画家は細部を描く時は細い筆を使い、背景を大きく塗ってゆく時は太い筆を手にする。これは当然だが、どの筆を用いてもいいような場合もある筈である。

そういう時にはたらくのは、「これ一つ」のヒロイズムではなくて、気分とか偶然とか嗜好とか、場合によっては手当たり次第といった要素ではなかろうか。一言でいえば、それは「遊びごころ」で選んでいるように思われる。名工の道具選び、文人・芸術家の筆選びはいうまでもなく、孤独なさすらいの浪人の胸の中にさえ、この「遊びごころ」は封じこめられていただろう。

私も筆をもつ人間で、及ばずながら文章で何かを達成したい願いがある。これまでずっと原稿は鉛筆で書いてきた。鉛筆は2Bや3Bであれば何でもかまわなかった。手もとになければ、HBでも使う。子供が以前に使った小学生用の使いのこしでもいい。それが三、四年前に突然、これからは万年筆の遊びをやってみようという気をおこしたのである。ただしその結果、文章の腕があがったかどうか自分では分らないが、私にしてみれば「小さな大変化」ではあった。

実は昔は万年筆党で、卒論もモンブランで書いている。シェーファーやパーカーも貰って、今でもちゃんと持っている。しかし長い論文で手古摺(てこず)ったのをきっかけに、もっと楽に書こうと鉛筆に転向した。いや、鉛筆と消しゴムに転向した。それで二十年やってきて、万年筆に戻ったのである。

戻って最初に買ったのはやはりモンブラン、ただし昔とは違う極太の、有名なマイスターシュテュック一四九という型だった。太すぎて線が重なるのが、いかにも字を書いている感じで面白い。遊びごころがそこから生じた。こうしてペリカン、ウォーターマン、クロスとふえ、モンブランの一四九も二本になった。数の上では名人の仕事場の道具の数に少し近づいただろうか。

先日、二女がアメリカでシェーファーを買ってきてくれた。国内でいくらでも買えるものだけれども、この方が気分が出ていい。黒の胴に金のキャップ、中細の字がすらすらと書ける。馴染んだ極太とはまた別の味を感ずる。私はこのシェーファーを『源氏物語』の本文の筆写用に毎日少しずつ使うことにした。分量は欲ばらないが、古典や近代の評論を二、三種類筆写してゆくのが、私の二、三年来の遊びで、それぞれに別の万年筆を使うのである。こうすればどの万年筆も活かせるということでもある。遊びが過ぎると、自分の文章を書く余裕がなくなるが、今の所はまだそうはなっていないような気がしている。

# わが桃源郷

はじめのうちは『中央公論』だった。昭和四十三年二月号の「折口学の発想序説」が最初で、河上徹太郎、林達夫、福田恆存……と批評家論をのせた。そのうち復刊した『ユリイカ』からもよく注文がきた。三浦雅士氏がまだ二十二、三歳の若さで、「うちは自分の庭の感じで、気楽にどうぞ」と言ってくれ、成程という気がした。当時『中央公論』をやっていた粕谷一希氏は、「君は違う所（中公）から出たので、（文芸誌では）どういうことを言うかと注目しているよ」と教えてくれた。

注目されている感じはしなかったが、はじめて文芸誌に書いたのは、たしか見開き二頁の随筆か書評である。昭和四十五年の夏のころ『文學界』に中村光夫の「です」「ます」語尾について、『新潮』に河上徹太郎の新書『有愁日記』について書いた。『文學界』の重松卓、『新潮』の坂本忠雄両氏とはそれ以来の長いご縁である。二十年たっているのだが、両氏とも風貌や雰囲気はほとんど変っていないのだ。これは私にとって、文芸誌の世界が桃源郷に他ならないことを物語っているのではあるまいか。ものを書くのは辛いし、ことに書き直し作業には身に沁みる痛さがあるものの、文芸誌という場で気持が安まるということも私は感ずるのである。「文壇の修羅場」

――そんな言い方を、私にしてもしないわけではないが、お付き合いでそう言っているまでで、やはり私は桃源郷の住民である。尤も、それ「である」ことと、それを「夢みる」こととの境界が模糊としているのは致し方がない。

はじめに記した『中央公論』での批評家論が、昭和四十五年暮に『批評の精神』となって刊行され、翌年亀井賞が与えられたが、おそらくこれが機縁となって『群像』からも声がかかったのだと記憶する。徳島高義編集長の意をうけた中村武史氏が来て、はじめは河上さんの『西欧暮色』の書評ではなかったかと思うが、やがて四十枚ぐらいの小川国夫論「意味に憑かれた人間」が出来た。それが載った同じ月に、『新潮』の方には長い時間をかけて準備した百二十枚の「見つつ畏れよ」が出た。調べてみるとそれは昭和四十七年九月号である。この月に限っていえば、相当注目されたのは確かだっただろう。吉田健一氏が「朝日」の文芸時評で取上げてくれた。長さからいって、「見つつ畏れよ」の方に多く言及していただきたかったが、ほとんど「意味に憑かれた人間」ばかりだった。でも、これでよしという感じがしたのが思い出される。

当時の文芸誌ではまだ『海』と『すばる』もあり、それぞれに思い出をもっているが、紙幅の都合で『文藝』のことを記しておこう。寺田博編集長の意向をうけて桜井精一氏が訪ねて来て、何をやろうかと話し合った。方向としては神話文学論ということに決め、昭和四十八年の夏はそれに取組んだ。一番多く書き直したのがこの「引用と再現」で、掲載は四十九年一月号だったが、この時手古摺ったのがきっかけで、原稿がそれまでの万年筆から鉛筆になってしまったのが忘れられないのである。

# 新しく、また古く

昭和五十七年、五十八年と「読売新聞」で文芸時評をやった。それをやめた時は、もう懲り懲りだという感じで、たぶん二度とこういう仕事はやらないだろうと思った。といっても、いやいやながら毎月の作品を読み、時評文を作成していたわけではない。引受けた以上は熱をいれてやったし、いい作品に出会え、自分でもうまく作品を把握、論評できたと感じた時には、相応の悦楽を味わってもいた。いい作品らしいと総体的には直観できても、こちらの波長と合わなくて、時評は失敗という場合もあった。

作品がよくなければ時評も張りがないというのにも、一応の真は認められるだろう。ただ私は、どんな作品でも、いかにそれを把握しようかと思い巡らすうちに、何程か得る所はあると考えていた。だが見方を変えればそれは、利用できるものは何でも利用しようという、一種の功利主義だったかもしれない。だから私は、御役御免となった時、月々の文芸誌を手にとる意欲を喪失したのだろう。根に読む楽しみがあるなり、文壇内外の最新情報に心から関心をもっているなりすれば、そういうことは起らない。どうも自分はそれとはタイプが違うようだ、と思わざるをえなかった。

　ところが今年二月磯田光一氏の死によって、又もや私は時評的な仕事を負わされている。というより前任者としての磯田氏の代りをしなければならない状況があったため、「読売」で三カ月ごとの「文芸季評」を引受けたのである。磯田光一の代りという意味ではその他に「朝日」の書評の仕事などもあって、のほほんとはしていられなくなってきた。けれども一旦おりた時評を再度と言われても、なかなか心身の態勢が整わない。予期したことではあったが、うまく仕事の内部に入りこんでゆけないのを感じた。月評でなくて季評なので、文芸誌の作品に密着するのでなく、めぼしい単行本や特徴的な文学事象に眼を向けるという方針も許容されると思い、そんなやり方で二回ほど書いた。以上のような事情のせいか、まだ文芸誌の作品群と私の間にはヴェールが垂れ下っている感じが取れずにいる。

　磯田氏は「文芸時評」はあまり多く担当しなかったが、常住不断に文学と文壇に触手をはたらかせ、アンテナを掲げて注意を怠らない人だった。だからその仕事はほとんど皆「文芸時評」みたいなものだったとも言える。眼となり触手となって、彼は文壇を見張り続けて休まなかった。すべてに対して眼であったのがその本性で、特定のグループ、流派との連繋がさして強かったとは思われない。三島由紀夫への思い入れは熱かったが、三島・磯田といった連繋において活動したというわけではなかった。そこが特異といえば特異で、最後に彼が文学史の構想に達したのも、眼としての本性からすれば首肯できるのだ。

　ほぼ同年代の作家と批評家が互いに手を携えあうとか、批評家が援護の陣を張るとかして、連動しつつ新人としての地位を確保するという例は古くからあった。今日もそれは見出されるが、磯田光一にはなかった。ふりかえってみて、私にもそれはなかった。これは批評家として恵まれていなかったということかもしれない。実例として、昭和初年の横光利一と小林秀雄があげられる。小林秀雄は『紋章』あたりまではついてゆき、その後は離れてしまったと述べていたが、『機械』に対して彼がみせたパセティックな感動は、作家と批評家の連繋の古典的な一つのかたちである。その後も、若くして登場した初期の大江健三郎と江藤淳の間で同じような結びつきが成立していた。もう少し漠然とした関係では、戦後派作家と「近代文学」の批評家の間にも一種の同時代意識の成立するケースがあったし、第三の新人とその同世代批評家、内向の世代とその同世代批評家の場合もほぼ同じであっただろう。

私は、年齢からすれば内向の世代の作家とほぼ同じである。しかし彼らのために旗をふったりということはしなかった。その機会が与えられなかったともいえるし、私の方にそうした連帯感で仕事をするのがあまり好きではない、という気分があったともいえる。書評を別として、『群像』に初めて書いた纏まった文章は、昭和四十七年九月号の小川国夫論「意味に憑かれた人間」で、その次が四十八年三月号の庄野潤三論「「経験」の翳り」だったが、私は自分の文学観と感性にひびいてくる個々の作家の精神構造や表現(言語)に向う通路を探索する、というスタイルで批評を書いていた。新しい動向にいつも注意を怠らないという姿勢はとれなかった。

小川国夫論、庄野潤三論とも『見つつ畏れよ』という新潮社刊の単行本に入れた。いま久しぶりでその本を手にとり目次を眺めていたら、当時の自分が分ったような気がした。強烈な影響を小林秀雄から受けたが、私の場合小林秀雄の問題は知覚、自意識、視(自と他)といったことに集中しており、それとの関連で志賀直哉が重要だった。小川論、庄野論とも志賀直哉を出発点として私がのばしはじめた触手にさわった対象を扱ったものである。自分の偏執に基づいて批評を書いてきたことを、私は認める。

この文章を書くために最近の評論の幾つかを読んでみて、どれも面白かったが、特に富岡幸一郎「近代小説の零度」（『文學界』昭和六十二年九月号）に、私自身を顧みさせるものが含まれていて関心をそそられた。そこでは、既成の文学観や感性が、新しい文学を過去にもすでに行われていたものの繰り返しにすぎないと見るのは、生きている文学を文学史によって圧殺することだと否定されている。富岡氏は島田雅彦、小林恭二の近作を、繰り返しから決定的に切れて新しいものと立論するためにそう言っている。しかし私には、今の新文学は繰り返しではないのかと感じている人々にしても、二十年、三十年前には、当時の新文学をかつてなく新しいと感じていたかもしれないという想像がうかんだ。繰り返しというイメージを誘い出すのは年齢があずかって最も力がある。年齢の因子を抜いてはあまり厳密な議論はできないだろう。

今日の新文学は、繰り返しでもあるが同時に新しくもあるということではなかろうか。この二重事態はネガティヴな面とポジティヴな面を併有しているという意味ではなくて、文化現象には本来二重性がまつわりつくということである。ただし一般的に、精神の弛緩した状態では新奇なもの、未知なものに好奇心が動かず、単純な言い方でそれらを切りすてるということがよく起るが、今まで全く未知のもの、いかに把握したらいいのかいささかも見当のつかないものが出現したとき、われわれはその未知という質だけによってはそれを評価しえないのが通例である。過去に蓄積されてきた試みの新しいヴァリエーションが評価可能なのであり、新と旧とは本質的に組合されている。

「近代小説の零度」で富岡氏が、パロディとパスティシュの相違という着想から今日の新作家を分析したのは興味深かった。しかし自我信仰が完全に消滅しているか、それともまだ残存しているかの間に氏が線を引いているのは、同年代の作家と批評家の連繋意識からも来たことのように思われた。連繋する作家を特にもたなかった私は、これが決定的に新しいという指摘で論を組み立てることはできなかったので、特にその点を感じたのかもしれない。

自我の崩壊が世代につれて進行しているのは認められるが、その過程はむしろ連続的な側面を示しているように思われる。新しくかつ古いというのが未来に繋がる状態ではなかろうか。過去のいかなる先例をも思い出させることなく決定的に新しいのよりは、新しく古い、または新しさの中に古さがあるという方が喚起力と持続力が豊かであろう。これは、私なら新しさを論じなければならないときには、そんな二重性を軸にとるだろうということでもある。

小川国夫論・庄野潤三論のあとで尾崎一雄論を書いたが、その中で複数起源説という言葉を使った。通常尾崎一雄というと、すぐ志賀直哉の忠実な弟子という連想が浮ぶが、これは正確ではない。尾崎一雄を形づくった存在として、勿論志賀直哉は最大だったが、他に尾崎氏の父八束と国文学者山口剛が重要で、少くともこの三つの起源から発したものの相関性の中で尾崎一雄の世界が成立したと見た方がいい。滝井孝作でも、志賀直哉と河東碧梧桐の二人から同じくらい影響されている。そういうのは人間形成、つまり文学の内面性にまつわる相対的要素かもしれないが、複数の先行者から吸収しなければ文学は成立しないという逆説なのだ、と見ることもできる。私はこの視点を、対象の特性に応じて多少変形しながら適用することが多かったと思うし、これからも大体そんなものだろう。他人から影響を多く受ければ受けるほど独自なものになる。この可能性の探求という線から今更離れるのは難しい。というよりも、私はそこから離れてはいけないのだろうと考えている。

作家は新しさに挑み、批評家は知識の量や意識の質を競う。物書きとしてそれは避けられない。と同時にそれは、限りなく新しさや意識を追いかける不安定ないし流動となる。新しさはなくなって流動だけが残ることもある。いや、そうなることは避けられないだろう。この避けられないものの中に夢と希望の可能性を見出してゆくしかない、とせめて思いたい。

# シンクレティズムからサンジャポニスムへ

子供のころキリスト教系の幼稚園に通っていた。当然日曜学校も付設されていて、引込み思案の私を気遣った親に言われ、こちらにも何回か出席したが、どうも居心地がよくない感じで、結局怠けてやめてしまった。讃美歌は好きだったが、お祈りと献金が苦手だった。献金は十銭ぐらい。それが惜しいけちだったわけではない。うまく言い表せないが、小さな違和感を覚えたのだった。

すこし大袈裟だが、それが私の初めての宗教的違和感の経験だったのだろう。信心深くはないが、わが家は普通の仏教、ただ母はミッション・スクールを出たし、妹ものちに別のミッションに通うようになったので、キリスト教の雰囲気には慣れている。でも子供心に小さな宗教的閊(つか)えが生じた。幼稚園できく聖書のお話、クリスマスのときにやる劇には抵抗はなかったのに、日曜学校の宣教は受けいれにくかった。

そんな経験をした私の現在の宗教意識は、平均的日本人のものでしかない。家の法事は仏式でやっているが、バッハ、ハイドン、モーツァルトなどキリスト教音楽は好んで聴くし、古社寺めぐりからは安らぎを汲んでいる。これは日本式混淆そのものである。

神話論集1、2と副題を添えて、『神を見る』『神を読む』という二冊を出したところだが、校正刷を読みながら私は、これはギリシア神話学の素材・方法によっているものの、結局文芸評論の本なのだとあらためて納得した。それならばすでにそこに、神話学と文学の混淆が露呈しているのだろう。それ以外にも私は、生活や思索の間に、種々の混淆、重なり、縺れ合いに出会って惹かれたり、戸惑ったり、逃げ出したりしてきたようだ、と今ふりかえっている。

この二冊は一九七〇年ごろから八〇年代前半にかけて書いた批評、エッセイが八冊の単行本として出ていたのを再編集し、かなり手を加えて纏めたものである。その時期私は、ケレーニイのギリシア神話学に親しんでいたから、そこからの示唆をいくつも受けた。ケレーニイの仕事は古代ギリシア、ローマに底流していた秘められた宗教性の考察を一つの柱としている。従来ギリシアというと、明晰なアポロン、衝動的なディオニュソスというイメージだったが、実状はいくつもの層で複雑に入り組んだ思想、信仰、文化の縺れがうねっていた。

そのころ読んだケレーニイで今も憶えているのは、シンクレティズムという言葉である。これは宗教、思想、言語が入り混じり、融合を生ずることをいい、宗教学では「習合」と呼んでいる。ケレーニイは、古代ギリシアではクレタ島に四方から諸々の要素が集ってきて衝突、混淆をおこした。だからこの現象をシンクレティズムというようになったのだ、と語っていた。シンはシンフォニー、シンクロのシンで「共に」「一緒に」、つまりクレタ島での混淆がシンクレティズムなのだ。

ただしケレーニイ神話学の中心は、古代ギリシアの「視」をつきつめて「観(テオリア)」と把握し、古代ローマのそれを「慎しみ(レリギオ)」ととらえてゆくところにあるのだが、それとは別に私は、シンクレティズムという言葉が心の襞にひっかかっていつまでも残っているという感じになったのだった。

子供のころ日曜学校で味わったささやかな違和感は、どうやらわが個人的なシンクレティズムだったらしい、と今は思う。違和や衝突だけではなく、遠い海外の物語や仕来りとの出会い、未知の他人や事物との出会いのすべてが、言葉の広い意味においてシンクレティズムなのだ。それは海外文物受容に劫(こう)を経てきた日本人がくぐり抜けてきたものに他ならない。

ところで私は一つの造語を思いついた。ここはクレタではなく日本なのだから、「日本」と言い表してみたい。幸いなことにフランス語に「ジャポニスム」がある。これがいい。私はあのとき小さな「サンジャポニスム(synjaponisme)」を経験したのだろう。これは、もとのジャポニスムからやや意味をずらした言葉遊びだけれど、文芸評論というものも学問、歴史、作品のそれぞれに対してずれながら「サン」、共に在ろうとするものなのだろう。おそらくそんな意識が、私に、「サンジャポニスム」などという言葉を思いつかせたにちがいない。

# 大学の逆説

帰宅を急ぐサラリーマンの雑沓する駅前で、ふと声をかけられた。体格のよい、日焼けした顔の青年だ。見覚えはあるが、とっさに名前が浮んでこない。そういう時、私の頭は「何年度の、何学部の、どのクラスだったかな」というふうにまず大枠から思い出そうと反応する。記憶を探しかけている私をすばやく察して、彼は「Dです、社会学部の」と言ってくれた。記憶が一度によみがえってきた。D君のクラスは一年から二年へ持ち上りでドイツ語を教えたので馴染みも浅くない。しかし三、四年前退屈そうに教室に坐っていた彼と、いま某社の新人として、担当している業務を手際よく話してくれる彼とではずいぶん違う。何が違うのだろう。そしてこの違いは、教師にとって何と悩ましいものだろう。

D君には少しも皮肉の翳はさしていないにもかかわらず、街角での彼の活気ある立話は「先生はまだドイツ語を教えているんですか」という倍音を伴って、私の耳に入ってきた。ああ、またこれだな、と思う。かつて教えたことのある大学生と出会ったとき、私はいつもそんなことを感ずるのである。もちろんこれは錯覚だ。しかし私はこの錯覚を好む。それにこれは、自分が教師であることを確実に私に思い起させてくれるものでもあるのだ。

急スピードで成長し、年をとるのが大学生であり、一向に年をとらず、どうかすると年毎に若くなってゆくのが教師である——こんな考えを私はひそかに大学の逆説と称している。これは言うまでもなく、さきの錯覚の延長である。大学生は階段を上るように学年をのぼりつめて、やがて大学を通過してゆくが、教師は来る年毎に新しい世代と向きあい、いつまでも同じ場所に止っている。人間は内部の自我に根拠をおいた存在であろうが、それと同じくらい自我の外側にあるものからも規定をうけざるを得ないのだとすれば、毎年新しい一年生に接することを繰返している教師は、疑いもなく年をとることを阻止されているのである。この逆説は人間の肉体的リアリティとはくいちがっている。つまりそれは一種の仮構であり、錯覚であり、少くとも私のひそかな快楽であるにすぎず、ほとんどの大学生の関知しないことなのだが、それでいてそれは案外大学というものの隠れた姿に触れているのではあるまいか。

いってみれば、それはまた大学が内にかかえている存在論的な矛盾というものだろう。この矛盾の発生源はおそらく青春の性質の中にさぐることができる。一年たてば一つ年をとるのは幼児も青年も老人も変りはないのだが、年のとり方はそれぞれ異っているのだ。幼児は幼年期を無意識裡に通りすぎるだけだが、青年は通過せねばならぬものとしての青春を烈しく経験しつつあるのだ、といえよう。青春とはそれ自体がモラルであり、要請なのだと思う。大学生はこういう青春のあり方を代表している存在で、その性急さと焦立ちはまさに存在論的に規定されている、としか言いようがない。最近私は自殺した一高生原口統三を主人公にした清岡卓行氏の小説『海の瞳』をよみ、あらためて青春の純粋さに打たれると同時に、青春の暗い、不吉なかげをも感じとらずにはいられなかった。原口統三はランボオに打ちひしがれたような詩的青春を純粋に守るために自らの死さえも選んだのだが、彼は純粋であり、原型であることによって、私には他者を喪失しているように見えたのである。

もし今の大学生が年をとれないでいる教師に皮肉な笑いを向けることができるなら、それは大学生にとっても教師にとっても、不可解な他者というものの発見になりうるのではなかろうか。

# 修業と特訓

試験前の俄か勉強、一夜漬けといったことは私もずいぶんやった憶えがある。あまり褒めた話ではないが、それでいて案外、あわただしい俄か仕込みの面白さという反面もあって、そういう憶え方をしたためにかえって身についたような知識もあっただろう。だからそれを一方的によろしくないと決めつけたくはない。

それにしてもすでに五十をすぎた私としては、俄か仕込みの面白さといっても、基本的には地道な、持続的な習得、蓄積があって、その上で一種のゆとりや遊びとしてそういうものをも認めてゆこうというぐらいの気持である。

それというのも週に一度だけながら大学生と接してきて、若い人たちの感覚や行動様式に関心があるからである。また、いつの間にか私の娘たちも十代の後半になっていて、自宅でも彼女たちの年代特有の要領のよさにいつも接しているからかもしれない。

若さの特権の一つは、一夜漬けや俄か勉強がけっこう有効であることではないだろうか。そんなふうでいいのかと年長者には見えることを繰返しながら、若さはいつの間にか揺ぎのない根張りをなしとげてしまうものらしい。

若さという年齢的要素のほかに、今日の時代がそもそも俄か勉強の時代になってしまった、ということも考えられる。かつては長年の「修業」であったものが今日では短時日の「特訓」になっているのだ。

一芸を身につけるのに、ある学問を習得するのに、師のもとに入門して雑巾がけから、挨拶の仕方から厳しく仕込まれるというのとは事変り、今日では各地のカルチャーセンター、入門教室でたちまちのうちに要領よく何でも身につけさせてくれる。そこにはかつての「修業」や「稽古」にまつわっていた倫理的、求道的な雰囲気はない。何でも「特訓」であり、実際現代生活の多くは「特訓」で切り抜けられるようなものになってきたから、それでもいいのだろう。

そういう時代の中でも、やはり若い人たちの手際のよさには、ずいぶん感心させられもする。大学生の多くは言語表現はうまくない。それはレポートを書かせても、ドイツ語の小説の訳読をやらせても同じように言える。ところがそれに反して、たとえば楽器を鳴らすのはうまいようで、それも短時日のうちに技術を身につけてしまうらしいのである。問題はそれを、かつて私自身がやってきた一夜漬けの同類と見なしていいのか、ということになるのだろう。

先日、教材にしているシュティフターの『喬木林』という小説の舞台を感じとって貰おうと、スメタナの交響詩「モルダウ」の冒頭をテープに入れて、教室で聴かせた。このシュティフターの作品はボヘミヤの森の奥、モルダウ川の源流のあたりを舞台としているからである。それで、この先生は音楽好きと思われたらしく、次の時間に一人の女子学生から学生オーケストラの発表会に来て下さいと切符を差し出された。関西の大学との交歓演奏会で、ベートーヴェンの第七その他をやるという。

聞けば彼女はチェロで、高校のころフルートを吹いたことはあるが、チェロは大学に入ってからだという。三年生なので、二年ちょっとの経験なのである。察するのに、学生オーケストラのメンバーの多くは同じような経験年数しかないようだが、それでも一流の大曲を弾くのらしい。

土曜日の夜、こうして家人を同伴して学生オーケストラを聴きに行った。それらしく下手だともいえ、それなりに上手だともいえると思った。そして学生らしく四角四面なベートーヴェンのリズムに耳をひたされながら、「修業」と「特訓」ということを思い出していた。

一年なり二年なり楽器をいじくっていれば、もう俄か仕込みの「特訓」とは違うのかもしれない。しかしそれはとうてい、昔ふうの音楽「修業」ではない。一年、二年で出せる程度の技巧、音色、リズム感がそれらしく表現されていて、その限りでは全体の雰囲気は楽しいといってよかった。楽しければ何も言うことはない筈である。

問題はこういう若さの特権が、楽しさを犠牲にして持続と積み上げを要求されるようになったとき、つまりアマチュアがプロにならなければならないとき、どういうことが生ずるのかだろう、そういう思いに私は捉えられた。

「特訓」についても同じことが言える。「特訓」で凌いでゆけることならば、それでいい。だがそうはいかない局面に置かれたらどうするのだろうか。

テレビのニュースには天気予報が組み込んであって、たいてい若く爽やかな女性が滑らかに天気を伝えてくれている。専門の予報官の作った原稿をそのまま喋っているわけで、天気予報とはそういうものと思っていた。ところがしばらく前から気象の専門家K氏がＮＨＫの画面に登場して気象を解説し、予報の不確定要素をちゃんと見越しながら、天気を語るようになったのを見て驚いた。「特訓」でテレビのお喋りが出来るようになった人たちと専門家の質の違い、読みの深さの違いが歴然としていたからである。

といって、くりかえすようだが私は無下に「特訓」や俄か仕込みを否定する積りはないので、これからの社会はプロとアマの、「修業」と「特訓」の共存と競争になってゆくのかもしれないと思い、その結果の行く末に関心を抱いているにすぎない。

# 記憶について

すでに所持している本をまた買ってしまうという経験を時々するようになった。文庫本、新書版の場合がほとんどだが、年齢相応の記憶力減退に見舞われはじめたわけである。一応は積極的に読もうという気持ちでした買物でさえ、そういう有様である。ましてや日々のこまごましたこと、例えばきのうは何を食べたか、誰と会ったかということなど、どんどん記憶から消えていってしまう。

こういう経験をくりかえすと、子供の記憶力のよさが羨ましくなる。というよりも自分が子供だった頃の、記憶に関係のあるさまざまな情景が思いうかぶのである。きのうのことは忘れても、何十年も前の子供のころのことは案外覚えていられるのだ。子供と記憶は本質的に結びつきをもっているのではなかろうか。生まれたての赤ん坊が強い握力をもっているように、子供はすぐれた記憶力をもっていると言えるが、その問題を教育の次元に導入してゆくと、先天的にそなわっている子供の記憶力はそのまま自然に任せておいていいのか、それともそれをさらに伸長させるために、何らかの強制を加えなければならないのか、という問題になってきそうである。

子供は興味をもっている事柄は苦もなく覚えてしまう。車の好きな子はちらと見ただけでその車の型式や種類を言いあてるし、鉄道ファンなら全国の駅名を暗記しているかもしれない。そういうふうに、好きなこと、楽しいことをいつのまにか頭に完全にいれているという状態が、記憶について最も幸福な状態である。だが、あいにく記憶しなければならない事柄は、子供が必ずしも喜んで立ち向かおうとするものでないことが多い。そこでどういうことになるのか。進んで覚える気持ちになれないような事柄は強制して覚えさせたりすべきではないとする立場や、その事柄の意味を理解させればひとりでに覚えるものだとする立場はこの際しばらく除外しておこう。そういう立場は、記憶に関する一種の平べったい自然主義にすぎず、決して記憶に対する正しい態度とは言えないと思う。記憶および記憶力は自然状態ではないからだ。そうではなくて、問題は、子供が必ずしも喜ばない事柄を強制して覚えさせる上で、どういう理由づけをするか、という考え方の岐れ目の方にあるように思う。

数学の公式、歴史の年代や人名、英語の単語や構文を覚えこませる場合、放置しておいては駄目だから強制を加えるしかないが、これを已むをえずしているのだ、つまり強制しないですむならそれに越したことはないのだという考え方もありうるだろう。こういう考え方では、記憶は何か必要悪といった感じになってしまう。しかし人間に記憶が必要なのはもっと切実な意味からではなかろうか。記憶はたしかに強制だが、それは已むなくする強制ではなくて、文化と社会を成り立たせる上で不可欠な強制に属するのではないかと思う。

人間の手が全く加わっていない秘境の樹木と、植木屋が植え替えや剪定を定期的に行っている同種の樹木をくらべたとき、人間の手が加わった樹木の方が樹勢が強く、根もよく張っている。

自然保護というと、とかく一切の人為を排除することと考えられがちだが、それの行きついたはてが自然の荒廃に傾きやすい惧(おそ)れがあるのは、見逃されている。文化というものは、人間自身を含めたすべての自然に手を入れ、それを一定の法則性にもとづいて賦活していこうとする姿勢によって維持されてきた。人為の及ばない大自然への憧れは抑圧できないが、そういう憧れを抱いた人間が実行しうるのは、子供を躾ることからはじまって、あらゆる人為を可能なかぎり洗練されたものに磨きあげることだけである。

記憶の強制は必要悪ではなくて、最も人間的な状態に達するための条件であろう。ギリシア神話には記憶の女神ムネモシュネがいるが、芸術を司る女神たちミューズはムネモシュネの娘である。というよりミューズは芸術だけでなく歴史、天文学、叙事詩、悲劇などのあらゆる知の分野を支配していたのであり、その根源的な母として記憶の女神が存在していたということは、示唆的である。

しかし記憶で困らされるのは、やはり忘却という現象だろう。記憶は、ちゃんと覚えていて忘れたりしないことによって価値が出てくるというのが普通の見方であるが、はたしてそうだろうか。常識的にはものを忘れない方がいいにきまっている。しかし人間の文化は、次々と厖大な記憶が蓄積される一方で、厖大な量の忘却が同時に行われて均衡を保ってきたのではないだろうか。悲しいこと、いやなことを早く忘れたいと思うのはきわめて人間的と言えるはずだ。記憶が価値であるというのは、言い直せば、記憶と忘却の両面をそなえた巨大な複合体が人間にとって価値があるということになると思う。

教育はたしかに子供に記憶を要求するけれども、これは人間がどうしようもなくものを忘れもする存在であるという大前提の上に立って行われているのだと言えよう。忘れる能力をもたずにただ記憶の蓄積にはげんだら、人間は化けものになってしまう。そうはいっても、子供に面と向かっては、これは覚えなければいけないが、覚えたあとで忘れてもいいのだよ、と言うわけにはいかない。大学生ぐらいになればそれが言えるかもしれないという気持ちから、以前ドイツ語を教えていた某大学の教室で、卒業したらと言わず、今度の試験がすんだらこれは忘れてもいい、最初から知らなかったのと、一旦覚えて忘れたのとでは、知らないことの中身が違うのだ、と挑発的に話してみたことがある。あいにく学生たちの反応は鈍かった。彼らはそう言われても、その前にまずそれを覚えなければならないのだから、浮かぬ顔をしていたと見える。これは、忘れることについては、放置しておいても自ずと忘れられるのだから余計なお節介は無用だという意味だろうか。私にはその辺がまだ考え切れないのである。

# 眠りと音楽

「春眠、暁を覚えず。処処(しょしょ)、啼鳥(ていちょう)を聞く」、これは唐の詩人孟浩然の名高い詩「春暁」の前半二行である。むかしから不眠の気味で今日まで来たと思っている私は、春だけとはいわない、春夏秋冬いつでも眠いままに起き出すのだが、「春眠」という言葉には実感がひとしおである。不眠といいながら、「暁を覚えず」は自分も同じだと思うし、「啼鳥」、つまり鳥の鳴き声を聞くのもその通りという気がするからだろうか。

ただ残念ながら三年ほど前に住居を移してからは、明け方のうつらうつらの中で雀のさえずりや土鳩のポッポー、ポッポーという声を聞くこともなくなってしまった。前の家ではよく耳にしていた。前の家は六十年以上住み続けた古い木造家屋だったし、多少の庭もあったから、雨戸越しの「啼鳥」は耳におなじみだった。実態は、耳にしていたような思いこみだったのかもしれないが。

ここで少し開き直り、人間は鳥の声や音楽を、はっきり醒めた意識の中で「聴く」だけではなく、半睡半醒の状態でもぐっすり寝こんでいても「聴く」ことはまだ続いているのだ、と言いたい。「聴く」は「聞く」と微妙に違うが、つながってもいるだろう。これは私が、自分に引きつけて言っているのは、察していただけるだろう。孟浩然もまさにそうで、なかなか眠れず、ようやく明け方眠りに落ちることもあったにちがいない。これは明け方の眼醒めぎわ、鳥の鳴き声を「聞く」詩人だったわけだと勝手な想像をしている。

仕官したいと願いながら科挙の試験に落ち結局一生涯無位無官、隠棲の日々をすごしたのが孟浩然である。こういう人物の眠りはどのような眠りだったのだろうと関心が湧く。不遇をかこち、夜いつまでも寝返りをうち続けたのだろうか。しかし一般に不眠をこぼす人は、自分の意識の監視の及ばないあたりで、案外よく眠っているものだという。そのタイプにはいくつかあって、明け方近くになってからしっかり眠りこむ遅延型、少し眠ってすぐ眼を醒まし、また眠っては眼醒めるというこまぎれ型など、さまざまのようだ。

孟浩然はたぶん遅延型だったからあの名詩が成ったのだろう、これが私の想像である。そういう私はどうかというと、以前は遅延型だったけれども、いつの間にかこまぎれ型との混合タイプになった。年齢のせいもあり、病院で処方してもらった薬の効き目も小さくなさそうである。夜、服薬して横になれば、いくらか時間はかかるものの、いつしか眠っている。ただ夜中にたいてい一回か二回、眼が醒めてしまう。これは仕方がない、とあまり気にしていない。寝具のずれを直し、自分の好みの左下の横向きになれば、いつかまたとろとろとしてくる。

ここで寝しなの音楽がもう一つの妙薬だということを言いたい。音楽と薬の相乗効果である。薬はただのむだけだから、どんな音楽をどうやって聴くかの工夫のほうに大きな楽しみがある。レコード店に「眠りのための音楽」といったＣＤが置かれているが、あんなのは私はダメで、自分の好みで曲を選ぶ。私は声楽も好きだが、声楽は眠るためには全く不向きである。

一方、ラジオ深夜便というのに人気が集っている。私の妹もよく聞いているらしく、どのアナウンサーがいいと電話で話すので、うん、その感じはわかるねと答えているが、人の話し声とその合間のこまぎれ音楽は、私の目的にはまったく合致しないのだ。ためになる、いい話だとしても、それを耳にしたらかえって眠れなくなってしまう。たとえ何ら意味や価値がなかろうと、自分の好みと美感にはぴったり、そういう音楽を私はさがしつづけてきた。長年聴いていると、好みも変り、入眠効果でも差異を生じたりする。この曲はもう飽きたなと感ずると、それもやはり眠りには逆効果となる。

使用機器のことも言いたい。枕の近くに置いて使ってきた古いラジカセが次々にこわれたので、昨年MDを搭載した小型のステレオを買った。世間からは十年も遅れてMD録音をやり始めたが、これがいい。MDは最長五時間の録音ができるが、睡眠用であれば、そんなには要らない。リモコンの「スリープ」ボタンを押してみると、十分から百二十分まで数段階設定されていることが分った。私はこの百二十分という機能がすっかり気に入った。こうして私はたちまち、五十枚ぐらいの録音ずみMDディスクの所有者になってしまった。

今まで睡眠用に聴いてきた音楽のいくつかを思いつくまま挙げてみよう。テレマン「十二のファンタジア」、フィールド「ノクターン集」、シューベルト「即興曲集」、メンデルスゾーン「無言歌集」、アンナ・レルケスというハープ奏者がヘンデル、シュポーア、ドビュッシーなどの曲を演奏した「ハープ名曲集」、ハイドン、モーツァルトは数知れず。これらも今度いろいろ工夫してＭＤに入れ直した。

しかし今のところ一番気に入っている「新顔」は、一九五〇年にギーゼキングが録音したバッハの「パルティータ」「二声と三声のインヴェンション」など。もう一つはボイド・ニール弦楽合奏団の「シェイクスピア時代の舞曲集」、これは一九五七年のＬＰをＭＤ化した。私はこれらを最小の音に絞って百二十分鳴らす。うつらうつらと聴き、寝こんでからも聴いている（はずだ）。

詩にも何にもなっていないだろうが、はじめに記した「春暁」の調子を真似ていってみれば、「春眠、微音とともに来る。古楽、なお暁に遠し」というところである。

# 時間への手紙

変なものだ。きみはどこにでもいるので、こうしてきみに手紙を書くなんて、どういうことなのだろう、と怪訝の念につきまとわれてもいる。旧い友達に暫くぶりで逢ったら、顔かたちや声に前にはなかった何か、あの老けというやつが滲んでいた。そこにも時間が、つまりきみがいるのだった。友達に逢ったこと以上に、きみとまた逢ったことの方が確かに思えてならなかった。

見知らぬ人から、横長の、薄い縹(はなだ)色の封筒に入った手紙が来た。見ると封筒に、茫洋とした駱駝のデザインが捺してある。それを眺めているうち、睡ったような眼をしたこの駱駝は、きみと一緒に歩いてきた砂漠の夢をみているのかも知れないと思った。

この間はシュティフターの小説を読んでいた。『森の小みち』というのだ。ボヘミヤの森かげで、チブリウス青年と苺摘みのマリアの間に生れた仄かな距離、あるいは仄かな近さは、読めども読めども、いつまでも変らない。どうしたのだろう、この二人は。いや最後には二人が結ばれるだろう、とほぼ予測はつくのだが、漸くにしてやってくる結合の歓びを醇化しようというのだろうか、シュティフターはあきれる程悠々と二人を逍遥させているのだった。考えてみれば、シュティフターは朴訥な恋人たちをえがいているというよりは、時間という呼び名のきみと静かで長い取っ組みあいをしていたのかも知れない。

どうしてきみは到る所にいるのだ。遍在とはきみにとって現実なのか、カテゴリーなのか。それにしてもきみみたいに己れを語らないのは珍しい。「ことば」と呼ばれる、きみと相性のいいらしいきみの仲間が、およそ存在する一切を語りつくし、己れ自身をも語って倦まないというのに。でも本当はきみにもきみの言いたいことがあるのかも知れないと想像している。

陽差しを受けとめた河べりの砂岩にも、子供が人指し指で触りながら通ってゆく門柱にも、コンピューターの見えない回路にもきみがいるというのなら、きみには固定のフォルムはないのだ。欠如であり無限性であるもの、それがきみなのだ。きみが何も自らは語らないということは、語らないことによって語っているということではなかろうか。

過去の中にきみを探しに入ってゆくと、きみは歴史とか物語とか、そんな形をしている。現在、この今という場所で、擦り抜けようとするきみを捉えると、それは現実という形をしていて、喧しく何かを語りつづけながらフォルムを変えてゆく。やっぱり時間という名前のきみは、どの位相においても、そこでしか挙げようのない声で語っているのだ。それはまるで誘惑のようだ。では、決して何も語らない、ひょっとするとその姿さえ見えないきみを思っていたのは、夢の中でのことだったろうか。

時間の夢から醒めたとき、時間の海の中をひとり泳いでいた、今そんな感覚に襲われている。きみはその意味でもどこにもいる遍在だった。気をつけて泳ごう。岸辺も浮標も飛込台も見えないこの小波の揺りかえしの中にいると、まるで自分が時間になってしまったような気さえする。とにかくどこかに泳ぎつく迄の時間だ。それがきみであるとすると、きみは僕なのではないか。この水の中のたゆたいは歴史なのだろうか、名付けようのない現在なのだろうか。変な気がする、きみに宛てて手紙を書こうとしたことが、確かにあったのだろうか。

# 夏の音

夏ではない季節に夏を思う――そういう話からはじめたい。

四月に入ってすこし暖くなってきたのにつられて、しばらく休んでいた都心散歩を再開した。新江古田駅というところから都営地下鉄大江戸線に乗り、三十分から四十分ぐらいかけて、大門、月島、門前仲町、清澄白河、森下といった駅に達し、おりる。おりるといっても、長々しい階段をひたすら上って地上に出るわけだけれど、あらかじめ見当をつけてある公園、美術館、史蹟などを、駅に必ず掲示されている案内図で確かめなおしてから、歩きはじめる。生来出不精であったために、初めて行く場所はいくらでもある、という感じだ。それが日曜日の午後だったりすると、通る車もゼロに近いので、快適な気分になれるのは有難い。

こうして、大門駅の近く――というよりJR浜松町駅すぐ前――の芝離宮公園にゆき、清澄白河駅からは、一度は東京都現代美術館に行ってサム・フランシス展を見、別の日には清澄庭園を見物した。芝離宮公園でも清澄庭園でもちょうど桜が散りかかっていた。森下駅からは、少し歩いて深川芭蕉庵を訪れた。この芭蕉庵は隅田川べりに位置しているのだが、高い護岸壁のために、その場からでは川の眺望が全くきかない。でも少し離れた場所に階段が設けられていて、そこから上れば、川波の揺れ具合とかもめの飛翔を眼におさめることもできる。
どこも気分がよかった。日常の時間から、ほんの少しではあるが解放される思いがした。しかし春といっても、野外の風通しのいい場所である。根強く生き残っている冷気のかたまりが方々に漂っている感じも身にこたえ、いつまでも立って眺めてはいられない。もう一枚、何か着こんでくればよかったかな、と思った。と同時に、「夏だったらどんなにいいだろう。具合のいい木かげを見つけて腰をおろし、何時間でも好きなだけ、庭園や川面を眺めつづけられるのに」とも思ったのだった。私は暑さが大好きというわけではないが、冬が苦手で、夏の方がずっといいという人間なのだ。

真夏の灼熱の太陽をいくら浴びても平気だというのでは全くない。蒸しあつい熱気の中に長いあいだじっとしていられるわけでもない。それでも私はなぜか夏というと、「いつまでもこの時間は持続しているんだ」「これは跡切れないぞ、ひょっとすると無限なのかもしれないぞ」といった想念を思いうかべるのである。奇妙なことだが、私は他の季節よりも夏になると、いつまでも長く机に向って仕事に取り組むことができる自分に気付いている。夏とは持続と無限の季節である、と取り敢えず言おう。

ところで「夏の音」といって思い浮かぶのは、夏の蟬、じいじい、じんじんといつまでも鳴き続けるあの「蟬噪（ぜんそう）」である。以前私は盛夏の京都にゆき、大徳寺の龍源院で猛烈な蟬噪に襲われ、全身が蟬に滲透されたような感覚を味わったことがある。というよりも、枯山水の灼熱の庭全体が、蟬に占拠されつくしたんだな、と感じたのだった。そのことが忘れられなくて、ある文章の導入部に使ったこともあったが、一度そうやって書いたあとはいつとはなしに記憶から薄らいでしまった。それが「夏の音」といわれて、また意識の表層に頭を出したのだ。とはいえ場所は京都ではない。十年ほど前の龍源院ではない。

　引越しやら本の片付けやらが続いたので、この頃はやめているのだが、それまでは夏の午後、自転車を乗りまわすのを楽しみにしていた。古本屋、図書館に行くこともあり、別にあてもなく町なか、川筋を走ることもある。飛ばしたりはしないが、それでも程よく風に吹かれる感じとなって、夏の自転車散歩は暑いけれども涼しい、この複合的な感覚がお気に入りだった。

　石神井川沿いの日当りのいい土地に、昔は豪農だったのだろうと思われる古い家屋が立っている。「亭々」という形容詞を使いたくなるみごとな欅が五、六本、敷地の境界を画している。盛夏、そこを通りかかると、梢のあたりから蟬のシャワーがはげしく耳を叩いて降ってきた。思わず自転車を停めて仰ぎ見る、毎年何回かそういうことをやっていた。濃く繁った枝葉のかげに貼りついている筈の蟬は、眼をこらしても姿は全く見えなかったが、「これは永劫のかなたから、こうして鳴き続けてきたんだな」という思いをその都度心の中で反芻していた。

　どうも蟬というのは、永劫とか時間とか、過去とか未来といった想念をはてしなく喚起してやまない生物であるようだ。日常の用事をこなしているときには、いちいちそんな想念と付き合ってはいられない。人間の自然な生活機能がそれらを遮断するのだ。しかし時々、思いがけないことが起る。日常の流れが括弧でくくられ、代って非日常が、あの永劫とか過去とかいうものが出現する。

蟬がはてしなく響かせている「夏の音」は、私の心にその経験をつよく灼きつけるものだった。川辺・海辺の「せせらぎ」とも違う、松林の「松籟」とも違う、暴力的なまでにひたぶるな音。私はそれを好んでいるのだろうか、それとも怖れているのだろうか。引越しも済み、少しは机辺も片付いた今年、またあの永劫を聞きに行ってみよう。

# 引用に吹く風——高橋英夫頌

堀江敏幸

特別なタイトルのない、ただ「解説」とある文章で、私は高橋英夫に出会った。辻邦生の短篇集『北の岬』(新潮文庫)の表題作に触れながら、高橋英夫は、この作者は「信仰の精神の代りに、信仰者の認識だけがあるという事態」のなかで小説世界を構築していると指摘していた。登場人物のひとり、修道女マリ・テレーズが語り手に対して発した「永生」や「至高の頂き」といった言葉の指し示す方向を、作者は「いかなるキリスト教的背景もなしに」見据えていて、光が吸われていく闇にさえ認識の眼を走らせ、見えないはずの輪郭まで描き出してしまうというのである。高校生だった私は、一節の意味をよく理解できないまま、信仰心と信仰者の認識という、本来はじきあう領域の共存を否定しない解説者の姿勢に、なんとなく親近感を抱いたことを覚えている。そしてもうひとつ、引用されているマリ・テレーズの台詞の一部に強い印象を受けた。烈風の吹きすさぶ北海道の宗谷岬で、主人公と対峙した彼女はこう述べるのだ。

「私は、いまこの風に吹きとばされそうなのと同じに、あなたへの愛に吹きとばされそうです」(一九七九年版、十刷)

当時この箇所を一読したとき、いくらか現実離れした文言に気恥ずかしさを覚えたものだが、高橋英夫の解説によって、私はこれが、言葉でしか表現できない抽象的な結び目で現出した風景の謂でもあることを教えられた。「信仰者の認識」に立つ作家の理知と想像力が創り出す場に批評家は引用という帆を張って、風を受け止める。表向きは、愛の深さと成就の不可能を告げている台詞が、じつのところ、文学における引用者の宿命を暗示しているように思えたのである。

大学に入ってしばらくした頃、新刊書店の棚で高橋英夫の名を見つけた。何冊か並んでいたと思う。そのなかに、ビニール装の瀟洒な背表紙があった。『神話空間の詩学』（青土社、一九七八年）。手に取ってみると、神話と風の作用に着目して文芸作品を読み解く試みであるらしい。惹句のとおり、冒頭ではリルケが、「告知する風」と題された第二章では、ムシル・小川国夫・辻邦生の三名が扱われていた。私は『北の岬』の解説を思い出して、その章を立ち読みした。批評というより、詩的な散文だった。それでいて精緻な論旨があり、論旨よりもやわらかい行文の流れがあった。読み終えたとたん跡形もなく消えていく風の匂いにも誘われて、私は数年遅れの新刊を買った。小林秀雄、河上徹太郎、折口信夫らを土台にしつつ、ホイジンガやケレーニイを通じて「神話空間」と「詩学」を融合させるといったおおまかなヴェクトルを引きながら、高橋英夫の仕事を順不同で読みはじめたのはそれからだ。

読後、強い印象を受けたものに、「引用と再現」（『役割としての神』所収、新潮社、一九七五年）がある。ゴルゴタの丘で磔刑に処せられたイエスは、息絶える前にある言葉を大声で発した。「エリ・エリ・レマ・サバクタニ」（わが神、わが神、なんぞ我を見棄て給ひし）。よく知られたその文言は、「生存のぎりぎりの場所におかれたとき、一人のホモ・レリギオーススの肺腑を衝いて発せられたことば」であると同時に、旧約「詩篇」第二二篇の詩句でもあった。イエスが死の直前に行ったのは引用だったとの指摘からはじまる「引用と再現」は、批評家だけでなく文学芸術にかかわる表現者全員にとって、じつに厳しい内容を含んでいた。この一節が好きだから、あるいはそうするのが読者にとって親切だからというだけの理由で他者の言葉を地の文に組み込むことなど、畏れ多くてとてもできなくなるほどに。

イエスが発した引用句は、彼自身が生きた現実の反映だった。しかし体験をその場の思いつきで表現しても、語句に強さは付与されない。先んじて存在する「詩篇」の引用という形をとり、原典の光景を模倣、反復したことで、はじめてイエスひとりを超える大きな表現になりえたのである。引用とは、原初の光景に立ち戻りつつ、そこに引用者の現在を重ねることで新しい命を吹き込む行為なのだ。しかも引用はあくまで原典の再現であって、原典そのものではない。

「引用は、比喩的にいえば神を求めることであり、神になることではない。引用者は自ら神になることによってではなく、神の子になることによって、形象的に、再現的に、象徴的に引用の目的を達成するだけなのである」

私が高橋英夫を読み出した一九八〇年代初頭の文芸批評は、すでにフランス現代思想の影響下にあって、読み、書き、書きながら深く考え、知と情の均衡のとれた一文一文を練り上げていく、よい意味で篤実なスタイルは希少なものになりつつあった。片仮名まじりのきらびやかな引用の乱舞のなかには、身を削るほどの経験と覚悟をもって原典に立ち返るのではなく、むしろ自らを神の位置に置く引用者の傲慢さも散見された。そんななかで、高橋英夫は、引用という文学的な営為の本質について考え続けていた。観念や認識の冷たさも、風の平等であるがゆえの残酷さも、正しい引用の回路を経て他者との相互理解の契機となり外に開かれていくことを、冷静沈着に述べていたのである。

しかし、厳しさのなかにあっても、たどり着けない原典を意識する道筋の中途にあった自身の言葉に、謙虚に立ち戻ってみる作業は認められてもいい。過去の自作を現在進行形の世界に取り込むのは、日本の古典文学に多く見出せる試みであり、その意味で、『ミクロコスモス　松尾芭蕉に向って』(講談社、一九八九年)の一章をなす「自己引用の振幅」は、「引用と再現」の延長線上に置かれた重要な論考だと言えるだろう。芭蕉は歌仙を巻いたときの自作に手を加え、修訂、改作を施して単体の句とした。「別個の表現方式であると見られている引用と改作を接近させ、時としてほとんど両者を融合させてしまった」芭蕉の方法は、死を控えたイエスの叫びから来るような、種族の記憶を賭した原型の反復や再現とは異なる。神にはなれず、なるべきでもない自分を複数化し、原典を凝縮して短く受け止めることによって、芭蕉は引用をミクロコスモスの詩学に高めたのだ。

その後も高橋英夫は、ドイツ文学を柱に据えて古今東西の文学・芸術を幅広く論じながら、それらを繋ぐ一本の線として引用を捉えていた。数多い業績のなかでも、『花から花へ　引用の神話　引用の現在』(新潮社、一九九七年)、『藝文遊記』(新潮社、二〇〇三年)、『時空蒼茫』(講談社、二〇〇五年)の三冊は、意識的な引用の実践として特別な意味を持っている。

ただし『藝文遊記』あたりから、引用の前後に、それまでになかった光が差しはじめた。闇の輪郭をすら描き出す認識の力よりも、光の輪郭を捉えきれないままに受け入れる度量というのか、原典への敬意やそれを後世につないでいく使命感から離れ、書き写した言葉に対する畏怖や作者への友愛の念が、あるいは愛おしさが滲み出てくるのだ。河上徹太郎に学んだ横滑り的な連想の音楽と、小林秀雄の内に見出した《引用の精神》に基づく歩行の藝文が、ゆるやかな変容の跡を明確に示している。その最大の成果が、『母なるもの　近代文学と音楽の場所』（文藝春秋、二〇〇九年）だろう。「ジャンルの揺らぎ、崩れ」（あとがき）を感じさせる、しなやかでわずかに湿ったこれら回想調の文章は、初出では「夢言逍遥」と題されていた。

高橋英夫はここで、《母なるもの》への回帰と、《母なるもの》をそうと意識せず全的に受け止めていた幼少時の自分の「自己引用」を許した。現在の自分から過去の自分に跳び、知らぬ間に時差を帳消しにすること。それは小林秀雄論でも言及されている、柳田国男の神隠しに似た言語体験でもあったのではないか。

さて、本書『五月の読書』こそは、「自己引用」と「ジャンルの揺らぎ、崩れ」を活用した幸福な神隠しとも呼ぶべき散文集である。

第Ⅰ部「本の周辺」では、観念ではなく手触りのある書物との出会いが語られている。細部を蔑ろにせず、着実な読みの積み重ねを認めながら、「分らなさ」も受け入れることの大切さや、書評家とは一種の専門職であることなど、うなずくしかない指摘がなされる。

第Ⅱ部「芸術と親しむ日々」は、縦横無尽の知を、押しつけがましくない筆致で綴る出色の小論集だ。

「マラルメをよりよく知るとは、マラルメ神話を打ち消すことにほかならないにもかかわらず、そのあとは無なのでも現実なのでもなくて、再び新たな凝集点にむかって風が吹きはじめる場所に出て立つことのようだ」

「グールドのモーツァルトはモーツァルトではなく、グールド自身を再現していたからである」はじまりと終わり。風の告知。自己引用と再現。こうした文言が歌舞伎における役者の「類似と一致の魔術」とも不即不離の関係にあることを示す連想の流れに、あらためて目を開かされる。

第Ⅲ部「文人の交流」はみごとな肖像集で、どの一篇も味わい深いのだが、同世代の批評家、磯田光一を扱った「鞄の中身」は、追悼としても批評としても出色である。この一文における、細部への眼差しと慈しみが、第Ⅳ部の「私という存在」を活かしている。「私」をめぐる記述は、第Ⅲ部までのあちこちにちりばめられているので、ここまで読み進めてくると、《語られる「私」》が、《語っている「私」》によって引用され、再現された、オリジナルに限りなく近いべつの存在であることも自然と理解される。自己引用によって生じる認識の歩幅のずれと、「分らなさ」に寄りそう謙虚さを否定しない文芸への信頼が、個人の感懐を超えた、もっと大きなものとして読者に伝わってくる。五月の風は、本書全体にそよいでいる。第Ⅳ部は、存在の終わりをはじまりに戻すための、美しい風琴となるだろう。

最後に、小さな思い出を記しておきたい。高橋英夫さんとはじめてお会いしたのは、二〇〇六年秋のことだった。『時空蒼茫』に第四四回藤村記念歴程賞が贈られることになり、その祝いの席で、高橋さんのお仕事について短い話をしてほしいと主催者に頼まれたのだ。ある場所で『時空蒼茫』を紹介したことがその理由だったらしい。高橋さんご自身の意向も入っているとうかがったような気もする。光栄なことではあるけれど、面識もなく、ただその仕事に敬意をもって接してきたにすぎない者が、いったいどんな顔で晴れの舞台の末席に連なったらいいのか。しかも時間は五分程度と定められていた。

迷った末に引き受けたこのときの小話は、「歴程」第五三七号(二〇〇七年二月)に再録されているのだが、その場で思い浮かんだことをとりとめもなく話している証拠がはっきり残されていて、いま読み返すと申し訳なさで心が痛む。言葉足らずの妄言を聞いて高橋さんがどう思われたのか、直接確かめる勇気はなかったのだが、帰りがけに頭を下げると、感想を述べられる代わりに穏やかな笑みを浮かべて頷いてくださった。その笑みは、安堵と悔悟の入り交じった記憶として、いまも脳裏にある。右に綴った小文には、だからあの日、壇上でもう少し話したかったことが含まれている。

しかし、本当はそんな迂路をたどるより、「高橋英夫」の文章を引用しておくだけでよかっただろう。花から花へと蜜を運んでいた批評家の動線を不用意な読みで妨げていても、笑みを浮かべてそれを受け流してくれる人は、もうここにいないのだから。

# 年　譜……………高橋英夫

●一九三〇年(昭和五年)
四月三〇日、東京府北豊島郡滝野川町田端(現・東京都北区田端)で生れる。父豊太郎(鉄道省勤務、建築技師)、母ふみの長男。父は宮城県牡鹿郡石巻町(現・石巻市)、母は同県仙台市の出身。

●一九三二年(昭和七年)　二歳
一一月、妹優子生れる。年末、阿佐谷に引越す。阿佐谷では、五年ぐらい住んだ杉並区馬橋二丁目(現・杉並区阿佐谷南)の家から記憶が残っている。

●一九三五年(昭和一〇年)　五歳
この年から阿佐谷幼稚園に通う。

●一九三七年(昭和一二年)　七歳
四月、東京府豊島師範付属小学校に入学。

●一九三九年(昭和一四年)　九歳
九月、板橋区練馬南町一丁目(現・練馬区羽沢一丁目)に父が家を新築。この家には二〇〇二年(平成一四年)まで六三年間住んだ。

●一九四三年(昭和一八年)　一三歳
四月、東京府立五中(現・東京都立小石川中等教育学校)に入学。同期に粕谷一希。上級生には中村稔、澁澤龍彦がいる。

●一九四四年(昭和一九年)　一四歳
一二月、大蔵省印刷局滝野川工場に勤労動員。紙幣、軍票を印刷する第二凹版課配属。

●一九四五年(昭和二〇年)　一五歳
一〇カ月間の工場生活をし、九月末日、動員を解除されて中学に戻る。校舎は戦災で全焼、他の施設を転々と借用しての授業となる。

●一九四七年(昭和二二年)　一七歳
四月、第一高等学校に入学。文乙(ドイツ語が第一外国語)のクラス。文丙(フランス語)には大岡信。全寮制で、二年二学期まで寮生活をする。明寮一五番(中村眞一郎創設の国文学会の部屋)に起居。

●一九五〇年(昭和二五年)　二〇歳
四月、東京大学文学部独文学科に入学。

●一九五三年(昭和二八年)　二三歳
三月、東大卒業、卒業論文はリルケ。以後旧制大学院に在籍(一九五八年まで)。

●一九五五年(昭和三〇年)　二五歳
四月、河出新書『リルケ詩集』に七篇訳出。

●一九五八年(昭和三三年)　二八歳
五月、手塚富雄先生との共訳でハイデッガー『乏しき時代の詩人』(理想社)を刊行。

●一九五九年(昭和三四年)　二九歳
三月、筑摩書房『世界文学大系』第五三巻の『リルケ』に「鎮魂歌」を訳出。

●一九六〇年(昭和三五年)　三〇歳
八月、彌生書房『リルケ全集』の第二巻に「マリアの生涯」を訳出。この年友人粕谷一希のすすめでホイジンガ「ホモ・ルーデンス」の翻訳に着手する。

●一九六二年(昭和三七年)　三二歳
粕谷一希から林達夫氏に紹介され、「ホモ・ルーデンス」訳出に関連して教えをうけた。

●一九六三年(昭和三八年)　三三歳
一一月、ホイジンガ『ホモ・ルーデンス』(中央公論社)を訳出刊行。同月、筑摩書房『世界文学大系』第七七巻の『ドイツ＝ロマン派集』にシュライエルマッヘル「宗教論」を訳出。

●一九六四年(昭和三九年)　三四歳
手塚富雄先生のすすめで四月から立教大学でドイツ語の非常勤講師をする(そのまま三〇年勤めた)。六月、三橋よし子と結婚。

●一九六五年(昭和四〇年)　三五歳
一〇月、長女真名子誕生。

●一九六六年(昭和四一年)　三六歳
九月、武蔵野音楽大学の非常勤講師となる(一五年間)。一二月、河出書房新社『ヘルダーリン全集』第一巻に詩二〇篇ほどを訳出。

●一九六七年(昭和四二年)　三七歳
三月、集英社『世界文学全集』第三二巻にホフマンスタール「影のない女」を訳出。
●一九六八年(昭和四三年)　三八歳
「折口学の発想序説」を「中央公論」二月号に、「批評における他者と自我」(河上徹太郎論)を「中央公論」一一月号に発表。
●一九六九年(昭和四四年)　三九歳
「林達夫　批評における反語的精神」を「中央公論」一月号に発表。四月、シュタイガー『詩学の根本概念』(法政大学出版局)を訳出刊行。五月、次女真帆子誕生。「鐘と光」を「ユリイカ」九月号に発表。
●一九七〇年(昭和四五年)　四〇歳
一二月、最初の著書『批評の精神』(中央公論社)を刊行。これにより、翌年第三回亀井勝一郎賞を受賞する。
●一九七一年(昭和四六年)　四一歳
「モーツァルト変幻」を「ユリイカ」一月号に、「吉田健一試論」を「ユリイカ」九月号に発表。この年、河出書房新社の『ホーフマンスタール選集』(全四巻)を、富士川英郎、川村二郎の両氏と編集。
●一九七二年(昭和四七年)　四二歳
四月、東大文学部独文科非常勤講師(二年間)。五月、ケレーニイ『神話と古代宗教』(新潮社)を訳出刊行。これによりこの年、第九回日本翻訳文化賞を受賞。八月、『詩人の館』(青土社)を刊行。「見つつ畏れよ」を「新潮」九月号、「意味に憑かれた人間」(小川国夫論)を「群像」九月号、「幻視とリアリティ」(梶井基次郎論)を「文學界」一一月号に発表。
●一九七三年(昭和四八年)　四三歳
一月、読売新聞書評委員(二、三年ずつ、通算一〇年ほど)。二月、清岡卓行『アカシヤの大連』(講談社文庫)に解説を寄稿。四月、明治大学文学部非常勤講師となる(三年間)。六月、『見つつ畏れよ』(新潮社)を刊行。
●一九七四年(昭和四九年)　四四歳
「引用と再現」を「文藝」一月号に発表。三月、辻邦生『北の岬』(新潮文庫)に解説を寄稿。

●一九七五年(昭和五〇年)　四五歳
五月、『役割としての神』(新潮社)を刊行。これにより翌年第二六回芸術選奨文部大臣賞を受賞。「独白と不死」を「文藝」二月号、「隠れたる神」を「新潮」一一月号に発表。

●一九七六年(昭和五一年)　四六歳
連載「神話の森の中で」を「文藝」一月号から開始(一九七八年七月号まで)。六月、『元素としての「私」』(講談社)を刊行。また「神話空間の詩学」を「ユリイカ」七月号から連載(一九七八年六月号まで)。

●一九七七年(昭和五二年)　四七歳
五月、父豊太郎没す。六月、『原初への渇望』(潮出版社)を刊行。

●一九七八年(昭和五三年)　四八歳
「小林秀雄を歩く」を「カイエ」七月号から連載開始(一九八〇年一月号まで)。七月、『詩神の誘惑』(小沢書店)、一〇月、『神話の森の中で』(河出書房新社)、一一月、『神話空間の詩学』(青土社)を刊行。

●一九七九年(昭和五四年)　四九歳
四月、『現代作家論』(講談社)、五月、『昭和批評私史』(小沢書店)を刊行。連載「志賀直哉を読む」を「文學界」一〇月号からはじめる(一九八一年四月号まで)。一二月、河上徹太郎『吉田松陰』(中公文庫)に解説を寄稿。

●一九八〇年(昭和五五年)　五〇歳
八月、『小林秀雄　歩行と思索』(小沢書店)を刊行。「すばる」一月号から「文芸時評」を一年間担当。

●一九八一年(昭和五六年)　五一歳
七月、『志賀直哉　近代と神話』(文藝春秋)を刊行。これにより翌年第三三回読売文学賞を受賞。この年から三年間、「読売新聞」で「文芸時評」を担当。

●一九八二年(昭和五七年)　五二歳
連載「幻想の変容」を「群像」一月号から一二月号まで一年間続ける。六月、『幻聴の伽藍』(小沢書店)、一一月、『忘却の女神』(彌生書房)を刊行。

●一九八三年(昭和五八年)　五三歳

四月、「考える人」を「新潮」(小林秀雄追悼記念号)に発表。五月、『幻想の変容』(講談社)を刊行。長篇評論「偉大なる暗闇　師岩元禎をめぐる人々」を「新潮」一二月号に発表。またこの年から翌年にかけ、小学館『昭和文学全集』(全三五巻、別巻一巻)の編集で、吉行淳之介、磯田光一と会合。

●一九八四年(昭和五九年)　五四歳
四月、『偉大なる暗闇　師岩元禎と弟子たち』(新潮社)を刊行。これにより翌年第一三回平林たい子賞を受賞。連載「正宗白鳥論」を「海燕」七月号から開始(一九八六年八月号まで)。一一月、『河上徹太郎』(小沢書店)を刊行。

●一九八五年(昭和六〇年)　五五歳
四月、『見えない迷宮』(青土社)、一〇月、書きおろしの『花田清輝』(岩波書店)を刊行。同月、川村二郎『銀河と地獄』(講談社学術文庫)に解説を寄稿。一一月、『起源からの光』(小沢書店)を刊行。

●一九八六年(昭和六一年)　五六歳
長篇「疾走するモーツァルト」を「新潮」六月号に発表。一〇月、『異郷に死す　正宗白鳥論』(福武書店)を刊行。同月、東大文学部非常勤講師(半年間)。

●一九八七年(昭和六二年)　五七歳
連載「ミクロコスモス　松尾芭蕉に向って」を「群像」三月号から開始(一九八九年二月号まで)。四月、東大教養学部非常勤講師(二年間)。同月、朝日新聞書評委員(二年間)。五月、『疾走するモーツァルト』(新潮社)刊行。

●一九八八年(昭和六三年)　五八歳
二月、黒井千次『群棲』(講談社文芸文庫)に解説を寄稿。「武蔵野文学史の現在」を「新潮」一〇月号に掲載。

●一九八九年(昭和六四年・平成元年)　五九歳
二月、『夢幻系列』(小沢書店)、五月、『ミクロコスモス　松尾芭蕉に向って』(講談社)刊行。

●一九九〇年(平成二年)　六〇歳
日本近代文学館常務理事となる。一二月、大岡昇平『幼年』(講談社文芸文庫)に解説を寄稿。

●一九九一年(平成三年)　六一歳

四月、『濃密な夜　私の音楽生活1970〜1991』（小沢書店）刊行。長篇「ブルーノ・タウト」を「新潮」七月号に発表。一〇月、『ブルーノ・タウト』（新潮社）刊行。

●一九九二年（平成四年）　六二歳
「詩文淡雅」を「ポエティカ」一・二月合併号に発表。「シュティフターを読む」を「群像」二月号に発表。

●一九九三年（平成五年）　六三歳
四月、書きおろしの『西行』（岩波新書）を刊行。七月、清岡卓行『詩礼伝家』（講談社文芸文庫）に解説を寄稿。一〇月、『小林秀雄　声と精神』（小沢書店）、一二月『昭和作家論103』（小学館）を刊行。

●一九九四年（平成六年）　六四歳
後藤明生の誘いにより四月から近畿大学文芸学部教授となる（四年間）。毎月二回東京から通う。主に大学院の講義、演習、修士論文指導。六月、『琥珀の夜から朝の光へ』（新潮社）、七月、『芭蕉遠近』（小沢書店）刊行。「鷹の眼差し　ホフマンスタールを読む」を「群像」九月号、「引用と起源」を「新潮」一〇月号に発表。

●一九九五年（平成七年）　六五歳
「伐り倒されたポプラ　リルケを読む」を「群像」二月号、「室生寺観想　引用とリプレゼンテーション」を「新潮」六月号、「引用とトポス」を「新潮」一〇月号に発表。一〇月、『志賀直哉随筆集』（岩波文庫）を編集・解説。

●一九九六年（平成八年）　六六歳
二月、『今日も、本さがし』（新潮社）刊行。「詩人のアルケオロジー　ヘルダーリンを読む」を「群像」二月号、「花から花へ」を「新潮」三月号、「引用と言葉」を「新潮」一〇月号に発表。

●一九九七年（平成九年）　六七歳
「Unio Poetica の時へと……　片山敏彦を読む」を「群像」一月号に発表。六月、『花から花へ　引用の神話　引用の現在』（新潮社）を刊行。「変幻のエントロピー　シューベルトを読む」を「群像」七月号に発表。七月、『持続する文学のいのち』、『変容する文学のかたち』（ともに翰林書房）を刊行。同月、日本芸術院賞を受賞。一〇月、妻よし子没す。一二月、日本芸術院会員となる。

●一九九八年（平成一〇年）　六八歳
一月、豆本『尾崎一雄回想』（日本古書通信社）、八月、『わが林達夫』（小沢書店）、九月、『ドイツを読む愉しみ』（講談社）を刊行。一〇月、吉田健一『時間』（講談社文芸文庫）に解説を寄稿。

●一九九九年（平成一一年）　六九歳
五月、『京都で、本さがし』（講談社）を刊行。一〇月から週一回「日本経済新聞」に「友情の水脈」を掲載する（二〇〇〇年三月まで）。

●二〇〇〇年（平成一二年）　七〇歳
「木漏れ日の読書みち」を「日本古書通信」一月号から連載（二〇〇一年一二月号まで）。七月、『小説は玻璃の輝き』（翰林書房）を刊行。

●二〇〇一年（平成一三年）　七一歳
連載「藝文遊記」を「新潮」一月号から開始（二〇〇二年五月号まで）。三月、「友情の水脈」を改題し、『友情の文学誌』（岩波新書）として刊行。九月、『わが読書散歩』（講談社）を刊行。

●二〇〇二年（平成一四年）　七二歳
「本の各駅停車」の連載を「図書」一月号から開始（二〇〇四年一二月号まで）。八月、『神を見る』、九月、『神を読む』（ともに、ちくま学芸文庫）を刊行。九月、練馬区豊玉北に転居。

●二〇〇三年（平成一五年）　七三歳
一月、『藝文遊記』（新潮社）を刊行。「羽沢の家」を「東京人」五月号に、「茫々と、折口信夫の海へ」を「新潮」一〇月号に発表。

●二〇〇四年（平成一六年）　七四歳
連載「時空蒼茫」を「群像」一月号から開始する（二〇〇五年三月号まで）。五月、『本の引越し』（筑摩書房）を刊行。一一月、母ふみ没す。

●二〇〇五年（平成一七年）　七五歳
連載「音楽が聞える」を「ちくま」五月号から始める（二〇〇七年四月号まで）。六月、「本の各駅停車」を改題し、『果樹園の蜜蜂』（岩波書店）として刊行。一〇月、『時空蒼茫』(講談社)を刊行。これにより翌年第四四回藤村記念歴程賞受賞。一一月、旭日中綬章受賞。
●二〇〇六年(平成一八年)　七六歳
五月、『ロマネスクの透明度』(鳥影社)を刊行。七月、『洋燈の孤影』(幻戯書房)を刊行。「群像」八月号に清岡卓行追悼文を寄稿。
●二〇〇七年(平成一九年)　七七歳
「夢言逍遥」を「文學界」一月号から一二月号まで連載。一一月、『音楽が聞える』(筑摩書房)を刊行。これにより翌年第一六回やまなし文学賞受賞。
●二〇〇八年(平成二〇年)　七八歳
「文學界」三月号に「小林秀雄　着手点へ」を寄稿。
●二〇〇九年(平成二一年)　七九歳
五月、「夢言逍遥」を改題し『母なるもの　近代文学と音楽の場所』(文藝春秋)として刊行。これにより翌年第二一回伊藤整文学賞受賞。六月、『林達夫芸術論集』(講談社文芸文庫)に解説を寄稿。
●二〇一〇年(平成二二年)　八〇歳
一一月、日本芸術院　映像記録収録
●二〇一一年(平成二三年)　八一歳
永井荷風論を「図書」五月号から連載(二〇一二年九月号まで)。六月、『読書清遊　富士川英郎随筆選』(講談社文芸文庫)に解説を寄稿。
●二〇一三年(平成二五年)　八三歳
四月、「図書」の連載を『文人荷風抄』(岩波書店)として刊行。
●二〇一九年(平成三一年)
二月一三日　永眠　享年八八

# 初出一覧（タイトルを大幅に変更したものは括弧の中に原タイトルを示した）

## Ⅰ　本の周辺

私と全集（可能なかぎり揃える立場　三通りの読み方をした小林秀雄）「週刊読書人」一九九一年六月二四日

お雪さんと信子さん（わが愛しのヒーロー&ヒロイン「お雪さん」）「小説現代」二〇〇四年六月号

『創元』のこと「日本古書通信」二〇〇五年四月号

青くさい古典（初めての文語文）「學鐙」二〇〇五年秋号

「分らなさ」の中で漂う「日本近代文学館年誌Ⅰ」二〇〇五年九月号

古書は人を動かす（本は人に呼びかける）「日本古書通信」二〇〇四年七月号

「書評家」と名乗ってみては「読売新聞」一九九〇年一月八日

書影が喚起するもの「浪速書林古書目録40号」二〇〇五年一一月七日

五月の読書「日本経済新聞」二〇〇四年五月二日

## Ⅱ　芸術と親しむ日々

クレーの月「ユリイカ」一九七二年六月

マラルメの遺品「ユリイカ　臨時増刊」一九八六年九月

パウラの絵の前で「新装世界の文学セレクション36　リルケ　付録10」一九九四年一月

ゲルマンの方へ「プルースト全集18月報」一九九七年一〇月

はてしなき躓きの中から「ユリイカ」一九九五年一月

宇宙空間への序奏　「Amadeo」一九九六年

秘められたサイン　「ムジカノーヴァ別冊「ピアノ学習者のための初めてのシューベルト」」一九九六年七月

音楽のゆくえ（世紀の終わりと「演奏」）　「東京新聞」一九九九年三月一九日

モーツァルトを書くために　「IN POCKET」二〇〇六年八月

未生のものたちとの対話　「日本リヒャルト・シュトラウス協会年誌　Richard Strauss 93第9号」一九九三年

「女清玄」を見て　「歌舞伎　研究と批評　創刊号」一九八八年八月

## Ⅲ　文人の交流

ことばと批評のドラマ——大岡信　「國文學」一九九四年八月

「空は鏡」青層々——清岡卓行　「群像」二〇〇六年八月

休むこと　退くこと——訂正して思う　「群像」二〇〇六年九月

言語意志と友情空間と——中村稔『私の昭和史』をめぐって　「ユリイカ　特集　中村稔」二〇〇四年一〇月

その風土と世界性——前登志夫　「短歌　39　大特集　吉野の山人・前登志夫の世界」一九九二年七月

大原富枝頌　「やまなみ　13号」一九九八年九月

父祖の地に生きた「原日本人」——尾崎一雄　「朝日新聞」一九八三年四月四日

ニヒルとは無縁な「文学の魂」——後藤明生　「東京新聞」一九九九年八月五日

孤独な思索的散歩を楽しむ詩人——田久保英夫（文学に殉じた突然の死）「東京新聞」二〇〇一年四月一八日

言語空間に現れ出たイデア——辻邦生（イデアの言語空間　匂やかな物語世界の魅力）「週刊読書人　追悼

特集辻邦生」一九九九年八月一三日
「完璧」という質──永井龍男　「海燕」一九九〇年一二月
散文のコトバを用いた性の詩人──吉行淳之介　「東京新聞」一九九四年七月二八日
「人間」を思索した生涯──竹山道雄　「朝日新聞」一九八四年六月一九日
幸いにみたされた文学──高橋健二　「京都新聞」一九九八年三月一三日
「ギコウ先生」の魅力──高橋義孝　「IN POCKET」二〇〇一年一一月
手塚富雄先生の思い出　「中央公論」一九八三年四月
本はときめき──清水徹　「學鐙」二〇〇二年二月
歴史の雪明り──阿部謹也　「阿部謹也著作集9月報」二〇〇〇年七月
粟津批評との出会い──粟津則雄　「現代詩手帖」二〇〇六年七月
鞄の中身──磯田光一　「ポエティカ」一九九二年九月
ロマン派の栄光──川村二郎　『プリスマ　川村二郎をめぐる変奏』一九九一年一〇月
中村光夫氏の文体　「文學界」一九七〇年八月
学界・論壇の名伯楽──粕谷一希　『時代を創った編集者101』二〇〇三年八月
『改造』編集者時代──上林暁　『時代を創った編集者101』二〇〇三年八月
編集者ハヤシ・タップの金字塔──林達夫　『時代を創った編集者101』二〇〇三年八月

## Ⅳ　私という存在

筆の遊び　「産経新聞」一九九六年七月二〇日
わが桃源郷　「海燕」一九九〇年四月
新しく、また古く　「群像」一九八七年一〇月

初出一覧

シンクレティズムからサンジャポニスムへ（はじまりとしてのシンクレティズム）「ちくま」二〇〇二年一〇月
大学の逆説　「立教大学　学生部通信」一九七一年一二月一〇日
修業と特訓　「経済往来」一九八四年九月
記憶について　「総合教育技術34」一九七九年八月
眠りと音楽　「日本経済新聞」二〇〇六年四月一六日
時間への手紙　「季刊手紙　第一号」一九八四年九月
夏の音（永劫の響き）「かまくら春秋」二〇〇三年七月

高橋英夫
1930年生まれ．2019年，88歳で逝去．東京大学文学部独文科卒業，文芸評論家．
1985年『偉大なる暗闇』で平林たい子賞，2010年『母なるもの――近代文学と音楽の場所』で伊藤整文学賞を受賞．主な著書に，『批評の精神』『疾走するモーツァルト』『西行』『友情の文学誌』『果樹園の蜜蜂』『時空蒼茫』『音楽が聞える』，翻訳にホイジンガ『ホモ・ルーデンス』など．

五月の読書

2020年4月24日　第1刷発行

著　者　高橋英夫

発行者　岡本　厚

発行所　株式会社　岩波書店
〒101-8002 東京都千代田区一ツ橋2-5-5
電話案内 03-5210-4000
https://www.iwanami.co.jp/

印刷・三秀舎　製本・牧製本


ISBN 978-4-00-022971-5　Printed in Japan